ALLAH N'EST PAS OBLIGÉ

Enfant de la rue, le jeune Birahima a déjà perdu son père, lorsque sa mère cul-de-jatte meurt à son tour. Orphelin, Birahima part rejoindre sa tante Mahan, installée au Liberia. Se joint à lui Yacouba, un féticheur, marabout, escroc roublard qui « multiplie les billets » et attire souvent les catastrophes. En chemin, tous deux se heurtent aux guerres tribales qui font rage dans la région. Sans argent, Birahima cherche un travail et pour survivre se transforme bientôt en « small soldier », l'un de ces enfants-soldats qui écument l'Afrique, portent des kalachnikov et tuent sans sourciller. .

Avec ses mots d'enfant et ceux des dictionnaires, Birahima raconte le chaos de ces conflits africains où les bandes de brigands et de pillards s'emparent d'un pays, de la terre comme des hommes, et se battent entre eux jusqu'à la destruction totale de l'un ou l'autre camp.

Usant d'une langue qui parvient, de déformations en inventions drolatiques, à éviter le pathos, Ahmadou Kourouma nous plonge dans une fresque cruelle, où chacun subit l'épreuve de la violence : bonnes sœurs armées jusqu'aux dents, chefs de gangs et prédicateurs, enfants et femmes violées, prisonniers torturés, corps baignant dans leur sang et membres coupés…

La folie meurtrière des guerres ethniques, sur fond de croyances irrationnelles et de religion, où les enfants ont perdu leur innocence.

Ahmadou Kourouma est né en 1927 en Côte-d'Ivoire. Après avoir vécu et travaillé au Togo, il vit actuellement dans son pays natal. Avec son premier livre, Les Soleils des indépendances *(Seuil, 1976) il fut reconnu comme l'un des écrivains les plus importants du continent africain. Il a également publié,* Monnè, outrages et défis *(Seuil, 1990),* En attendant le vote des bêtes sauvages *(Seuil, 1999, Prix du Livre Inter) et* Allah n'est pas obligé *(Seuil, 2000), roman pour lequel il a notamment reçu le prix Renaudot et le prix Goncourt des lycéens. En 2000, le Grand Prix Jean-Giono lui a été décerné pour l'ensemble de son œuvre.*

Ahmadou Kourouma

ALLAH
N'EST PAS OBLIGÉ

ROMAN

Éditions du Seuil

TEXTE INTÉGRAL

ISBN 2-02-052571-2
(ISBN 2-02-042787, 1ʳᵉ publication)

© Éditions du Seuil, septembre 2000

www.seuil.com

*Aux enfants de Djibouti : c'est à votre
demande que ce livre a été écrit*

Et à mon épouse, pour sa patience

I

Je décide le titre définitif et complet de mon blablabla est *Allah n'est pas obligé d'être juste dans toutes ses choses ici-bas*. Voilà. Je commence à conter mes salades.

Et d'abord... et un... M'appelle Birahima. Suis p'tit nègre. Pas parce que suis black et gosse. Non ! Mais suis p'tit nègre parce que je parle mal le français. C'é comme ça. Même si on est grand, même vieux, même arabe, chinois, blanc, russe, même américain ; si on parle mal le français, on dit on parle p'tit nègre, on est p'tit nègre quand même. Ça, c'est la loi du français de tous les jours qui veut ça.

. ... Et deux... Mon école n'est pas arrivée très loin ; j'ai coupé cours élémentaire deux. J'ai quitté le banc parce que tout le monde a dit que l'école ne vaut plus rien, même pas le pet d'une vieille grand-mère. (C'est comme ça on dit en nègre noir africain indigène quand une chose ne vaut rien. On dit que ça vaut pas le pet d'une vieille grand-mère parce que le pet de la grand-mère foutue et malingre ne fait pas de bruit et ne sent pas très, très mauvais.) L'école ne vaut pas le pet de la grand-mère parce que, même avec la licence de l'université, on n'est pas fichu d'être infirmier ou instituteur dans une des républiques bananières corrompues de l'Afrique francophone. (République bananière signifie apparemment démocratique, en fait régie par des intérêts privés, la corruption.) Mais fréquenter jusqu'à cours élémentaire deux n'est pas forcément autonome et mirifique. On connaît un peu, mais pas assez ; on ressemble à ce que les nègres noirs africains indigènes appellent une galette aux deux faces braisées. On n'est plus villageois, sauvages comme les autres noirs nègres africains indigènes : on entend et comprend les noirs civilisés et les toubabs sauf les Anglais comme les Américains noirs du Liberia. Mais on ignore géographie, grammaire, conjugaisons, divisions et rédaction ; on n'est pas fichu de gagner l'argent facilement comme agent de l'État dans une république foutue et corrompue comme en Guinée, en Côte-d'Ivoire, etc., etc.

… Et trois… suis insolent, incorrect comme barbe d'un bouc et parle comme un salopard. Je dis pas comme les nègres noirs africains indigènes bien cravatés : merde ! putain ! salaud ! J'emploie les mots malinkés comme faforo ! (Faforo ! signifie sexe de mon père ou du père ou de ton père.) Comme gnamokodé ! (Gnamokodé ! signifie bâtard ou bâtardise.) Comme Walahé ! (Walahé ! signifie Au nom d'Allah.) Les Malinkés, c'est ma race à moi. C'est la sorte de nègres noirs africains indigènes qui sont nombreux au nord de la Côte-d'Ivoire, en Guinée et dans d'autres républiques bananières et foutues comme Gambie, Sierra Leone et Sénégal là-bas, etc.

… Et quatre… Je veux bien m'excuser de vous parler vis-à-vis comme ça. Parce que je ne suis qu'un enfant. Suis dix ou douze ans (il y a deux ans grand-mère disait huit et maman dix) et je parle beaucoup. Un enfant poli écoute, ne garde pas la palabre… Il ne cause pas comme un oiseau gendarme dans les branches de figuier. Ça, c'est pour les vieux aux barbes abondantes et blanches, c'est ce que dit le proverbe : le genou ne porte jamais le chapeau quand la tête est sur le cou. C'est ça les coutumes au village. Mais moi depuis longtemps je m'en fous des coutumes du village, entendu que j'ai été au Liberia, que j'ai tué beaucoup de gens avec kalachnikov (ou kalach) et me suis bien camé avec kanif et les autres drogues dures.

… Et cinq… Pour raconter ma vie de merde, de bordel de vie dans un parler approximatif, un français passable, pour ne pas mélanger les pédales dans les gros mots, je possède quatre dictionnaires. Primo le dictionnaire Larousse et le Petit Robert, secundo l'Inventaire des particularités lexicales du français en Afrique noire et tertio le dictionnaire Harrap's. Ces dictionnaires me servent à chercher les gros mots, à vérifier les gros mots et surtout à les expliquer. Il faut expliquer parce que mon blablabla est à lire par toute sorte de gens : des toubabs (toubab signifie blanc) colons, des noirs indigènes sauvages d'Afrique et des francophones de tout gabarit (gabarit signifie genre). Le Larousse et le Petit Robert me permettent de chercher, de vérifier et d'expliquer les gros mots du français de France aux noirs nègres indigènes d'Afrique. L'Inventaire des particularités lexicales du français d'Afrique explique les gros mots africains aux toubabs français de France. Le dictionnaire Harrap's explique les gros mots pidgin à tout francophone qui ne comprend rien de rien au pidgin.

Comment j'ai pu avoir ces dictionnaires ? Ça, c'est une longue histoire que je n'ai pas envie de raconter maintenant. Maintenant je n'ai pas le temps, je n'ai pas envie de me perdre dans du blabla. Voilà c'est tout. A faforo (cul de mon papa) !

… Et six… C'est vrai, suis pas chic et mignon, suis maudit parce que j'ai fait du mal à ma mère. Chez les nègres noirs africains indigènes, quand tu as fâché ta maman et si elle est morte avec cette colère dans son cœur elle te maudit, tu as la malédiction. Et rien ne marche chez toi et avec toi.

Suis pas chic et mignon parce que suis poursuivi par les gnamas de plusieurs personnes. (Gnama est un gros mot nègre noir africain indigène qu'il faut expliquer aux Français blancs. Il signifie, d'après Inventaire des particularités lexicales du français en Afrique noire, l'ombre qui reste après le décès d'un individu. L'ombre qui devient une force immanente mauvaise qui suit l'auteur de celui qui a tué une personne innocente.) Et moi j'ai tué beaucoup d'innocents au Liberia et en Sierra Leone où j'ai fait la guerre tribale, où j'ai été enfant-soldat, où je me suis bien drogué aux drogues dures. Je suis poursuivi par les gnamas, donc tout se gâte chez moi et avec moi. Gnamokodé (bâtardise) !

Me voilà présenté en six points pas un de plus en chair et en os avec en plume ma façon incorrecte et insolente de parler. (Ce n'est pas en plume qu'il faut dire mais en prime. Il faut expliquer en prime aux nègres noirs africains indigènes qui ne comprennent rien à rien. D'après Larousse, en prime signifie ce qu'on dit en plus, en rab.)

Voilà ce que je suis ; c'est pas un tableau réjouissant. Maintenant, après m'être présenté, je vais vraiment, vraiment conter ma vie de merde de damné.

Asseyez-vous et écoutez-moi. Et écrivez tout et tout.

Allah n'est pas obligé d'être juste dans toutes ses choses.
Faforo (sexe de mon papa) !

Avant de débarquer au Liberia, j'étais un enfant sans
peur ni reproche. Je dormais partout, chapardais tout et
partout pour manger. Grand-mère me cherchait des
jours et des jours : c'est ce qu'on appelle un enfant de la
rue. J'étais un enfant de la rue. Avant d'être un enfant
de la rue, j'étais à l'école. Avant ça, j'étais un bilakoro
au village de Togobala. (Bilakoro signifie, d'après l'Inventaire des particularités lexicales, garçon non circoncis.) Je courais dans les rigoles, j'allais aux champs, je
chassais les souris et les oiseaux dans la brousse. Un
vrai enfant nègre noir africain broussard. Avant tout ça,
j'étais un gosse dans la case avec maman. Le gosse, il
courait entre la case de maman et la case de grand-
mère. Avant tout ça, j'ai marché à quatre pattes dans la
case de maman. Avant de marcher à quatre pattes,
j'étais dans le ventre de ma mère. Avant ça, j'étais peut-
être dans le vent, peut-être un serpent, peut-être dans
l'eau. On est toujours quelque chose comme serpent,
arbre, bétail ou homme ou femme avant d'entrer dans
le ventre de sa maman. On appelle ça la vie avant la vie.
J'ai vécu la vie avant la vie. Gnamokodé (bâtardise) !

La première chose qui est dans mon intérieur... En
français correct, on ne dit pas dans l'intérieur, mais dans
la tête. La chose que j'ai dans l'intérieur ou dans la tête
quand je pense à la case de ma mère, c'est le feu, la brûlure de la braise, un tison de feu. Je sais pas le nombre
de mois que j'étais au temps où je me suis braisé
l'avant-bras. (Braiser signifie, dans l'Inventaire des particularités lexicales, cuire à la braise.) Ma maman

n'avait pas compté mon âge et mes mois ; elle n'en avait pas le loisir vu qu'elle souffrait tout le temps, pleurait tout le temps.

J'ai oublié de vous dire quelque chose de fondamental, de très, de formidablement important. Ma maman marchait sur les fesses. Walahé (au nom d'Allah) ! Sur les deux fesses. Elle s'appuyait sur les deux mains et la jambe gauche. La jambe gauche, elle était malingre comme un bâton de berger. La jambe droite, qu'elle appelait sa tête de serpent écrasée, était coupée, handicapée par l'ulcère. L'ulcère, d'après mon dictionnaire Larousse, est une plaie persistante avec écoulement de pus. C'est comme ça on appelle une plaie à la jambe qui ne guérit jamais et qui finit par tuer la malade. L'ulcère de maman était dans des feuilles emmitouflées dans du vieux pagne. (Emmitouflé signifie, d'après Larousse, enveloppé.) La jambe droite était toujours suspendue en l'air. Maman avançait par à-coups, sur les fesses, comme une chenille. (Par à-coups, c'est l'arrêt brusque suivi d'une reprise brutale.) Moi, je marchais à quatre pattes. Je me le rappelle, je peux le conter. Mais je n'aime pas le dire à tout le monde. Parce que c'est un secret ; parce que, quand je le conte, je tremble de douleur comme un peureux par la brûlure de feu dans ma chair. Je courais, tournais à quatre pattes, elle me poursuivait. J'allais plus vite qu'elle. Elle me poursuivait, sa jambe droite en l'air, elle allait sur les fesses, par à-coups, en s'appuyant sur les bras. Je suis allé trop vite, trop loin, je ne voulais pas me faire rattraper. J'ai foncé, j'ai bousculé dans la braise ardente. La braise ardente a fait son travail, elle a grillé mon bras. Elle a grillé le bras d'un pauvre enfant comme moi parce que Allah n'est pas obligé d'être juste dans toutes les choses qu'il fait

14

sur terre. La cicatrice est toujours là sur mon bras ; elle est toujours dans ma tête et dans mon ventre, disent les Africains noirs, et dans mon cœur. Elle est toujours dans mon cœur, dans tout mon être comme les odeurs de ma mère. Les odeurs exécrables de ma mère ont imbibé mon corps. (Exécrable signifie très mauvais et imbibé signifie mouillé, pénétré d'un liquide, d'après Larousse.) Gnamokodé (bâtard) !

Donc, quand j'étais un enfant mignon, au centre de mon enfance, il y avait l'ulcère qui mangeait et pourrissait la jambe droite de ma mère. L'ulcère pilotait ma mère. (Piloter, c'est guider dans un lieu.) L'ulcère pilotait ma mère et nous tous. Et, autour de ma mère et de son ulcère, il y avait le foyer. Le foyer qui m'a braisé le bras. Le foyer fumait ou tisonnait. (Tisonner, c'est remuer les tisons d'un feu pour l'attiser.) Autour du foyer, des canaris. (Canari signifie, d'après l'Inventaire des particularités lexicales, vase en terre cuite de fabrication artisanale.) Encore des canaris, toujours des canaris pleins de décoctions. (Décoction, c'est la solution obtenue par l'action de l'eau bouillante sur des plantes.) Des décoctions pour laver l'ulcère de maman. Au fond de la case, des canaris s'alignaient encore contre le mur. Entre les canaris et le foyer, il y avait ma mère et son ulcère dans la natte. Il y avait moi, il y avait le féticheur, le chasseur et guérisseur Balla aussi. Balla était le guérisseur de ma maman.

C'était un type chic, formidable. Ça connaissait trop de pays et de choses. Allah lui avait donné cent autres chances, qualités et possibilités incroyables. C'était un affranchi, c'est comme ça on appelle un ancien esclave libéré, d'après Larousse. C'était un donson ba, c'est comme ça on appelle un maître chasseur qui a déjà tué un fauve noir et un génie malfaisant, d'après Inventaire des particularités lexicales. C'était un cafre, c'est comme ça on appelle un homme qui refuse la religion musulmane et qui est plein de fétiches, d'après Inventaire des particularités lexicales. Il a refusé de brûler ses idoles, donc n'est pas musulman, ne fait pas les cinq prières par jour, ne jeûne pas un mois par an. Le jour de sa mort, aucun musulman ne doit aller à son enterrement et on ne doit pas l'enterrer dans le cimetière musulman. Et personne, strictement (strictement signifie rigoureux, qui ne laisse aucune latitude), strictement personne ne doit manger ce qu'il a égorgé.

Balla était le seul Bambara (Bambara signifie celui qui a refusé), le seul cafre du village. Tout le monde le craignait. Il avait le cou, les bras, les cheveux et les poches tout plein de grigris. Aucun villageois ne devait aller chez lui. Mais en réalité tout le monde entrait dans sa case la nuit et même parfois le jour parce qu'il pratiquait la sorcellerie, la médecine traditionnelle, la magie et mille autres pratiques extravagantes (extravagant signifie qui dépasse exagérément la mesure).

Tout ce que je parle et déconne (déconner, c'est faire ou dire des bêtises) et que je bafouillerai, c'est lui qui me l'a enseigné. Il faut toujours remercier l'arbre à karité sous lequel on a ramassé beaucoup de bons fruits pendant la bonne saison. Moi je ne serai jamais ingrat envers Balla. Faforo (sexe de son père) ! Gnamokodé (bâtard) !

La case de ma maman s'ouvrait par deux portes : la grande porte sur la concession de la famille et la petite porte sur l'enclos. A quatre pattes, je roulais partout, m'accrochais à tout. Des fois, je tombais dans l'ulcère. Maman hurlait de douleur. L'ulcère saignait. Maman hurlait comme l'hyène dont les pattes sont coincées dans les dents d'un gros piège à loup. Elle pleurait. Elle avait trop de larmes, toujours des larmes dans le profond du creux des yeux et des sanglots plein la gorge qui toujours l'étouffaient.

« Arrête les larmes, arrête les sanglots, disait grand-mère. C'est Allah qui crée chacun de nous avec sa chance, ses yeux, sa taille et ses peines. Il t'a née avec les douleurs de l'ulcère. Il t'a donné de vivre tout ton séjour sur cette terre dans la natte au fond d'une case près d'un foyer. Il faut redire Allah koubarou ! Allah koubarou ! (Allah est grand.) Allah ne donne pas de fatigues sans raison. Il te fait souffrir sur terre pour te purifier et t'accorder demain le paradis, le bonheur éternel. »

Elle essuyait ses larmes, avalait les sanglots. Nous recommencions nos jeux, nous commencions à nous poursuivre dans la case. Et un autre matin elle arrêtait de jouer et pleurait de douleur et s'étranglait de sanglots.

« Tu devrais au lieu de te plaindre prier Allah koubarou ! Allah koubarou. Tu devrais remercier Allah de sa bonté. Il t'a frappée ici sur terre pour des jours limités de douleurs. Des douleurs mille fois inférieures à celles de l'enfer. Les douleurs de l'enfer que les autres condamnés, mécréants et méchants souffriront pour l'éternité. »

Grand-mère disait cela et demandait à ma maman de prier. Ma maman essuyait encore les larmes et priait avec grand-mère.

Quand mon bras a braisé, maman a trop pleuré, a trop gonflé la gorge et la poitrine avec des sanglots. Grand-mère et mon père sont venus tous les deux. Ils se sont fâchés tous les deux, ont réprimandé tous les deux ma mère.

« C'est une autre épreuve d'Allah (épreuve signifie ce qui permet de juger la valeur d'une personne). C'est parce que Allah te réserve un bonheur supplémentaire dans son paradis qu'il te frappe encore sur terre ici d'un malheur complémentaire. »

Ma maman a essuyé les larmes, a avalé les sanglots et a dit des prières avec grand-mère. Et maman et moi avons repris nos jeux.

Balla disait qu'un enfant n'abandonne pas la case de sa maman à cause des odeurs d'un pet. Je n'ai jamais craint les odeurs de ma maman. Il y avait dans la case toutes les puanteurs. Le pet, la merde, le pipi, l'infection de l'ulcère, l'âcre de la fumée. Et les odeurs du guérisseur Balla. Mais moi je ne les sentais pas, ça ne me faisait pas vomir. Toutes les odeurs de ma maman et de Balla avaient du bon pour moi. J'en avais l'habitude. C'est dans ces odeurs que j'ai mieux mangé, mieux dormi. C'est ce qu'on appelle le milieu naturel dans lequel chaque espèce vit ; la case de maman avec ses odeurs a été mon milieu naturel.

C'est dommage qu'on connaît pas ce qu'a été le monde avant la naissance. Des matins, j'essaie d'imaginer ce que maman était avant son excision, comment elle chantait, dansait et marchait avant son excision, quand elle était jeune fille vierge. Grand-mère et Balla m'ont dit qu'elle était jolie comme une gazelle, comme un masque gouro. Moi je l'ai toujours vue ou couchée ou sur les fesses, jamais sur les jambes. Sûr qu'elle était excitante et irrésistible. Parce que après trente ans dans la merde et ses odeurs, les fumées, les douleurs, les larmes, il restait encore quelque chose de merveilleux dans le creux du visage. Quand le creux du visage ne débordait pas de larmes, il s'éclairait d'une lueur. Quelque chose comme une perle perdue, ébréchée (ébréché signifie endommagé sur le bord). Une beauté pourrie comme l'ulcère de sa jambe droite, une lueur qui se voyait plus dans la fumée et les odeurs de la case. Faforo ! Walahé !

Quand maman était jolie, appétissante et vierge, on l'appelait Bafitini. Même complètement foutue et pourrie, Balla et grand-mère continuaient encore à l'appeler Bafitini. Moi qui l'ai toujours vue que dans son état déplorable de dernière décomposition multiforme et multicolore, je l'ai toujours appelée Ma sans autre forme de procès. Simplement Ma, ça venait de mon ventre disent les Africains, de mon cœur disent les Français de France.

Grand-mère dit que Ma est née à Siguiri. C'était un de ces nombreux lieux pourris de Guinée, de Côte-d'Ivoire. de Sierra Leone où des piocheurs et casseurs de cailloux trouvent de l'or. Grand-père était grand trafiquant d'or Comme tout trafiquant riche, il achetait beaucoup de femmes, de chevaux, de vaches et de grands boubous amidonnés. Les femmes et les vaches ont produit beaucoup d'enfants. Pour loger les femmes, les enfants, les veaux, la famille, le bétail et l'or, il achetait et construisait beaucoup de concessions. Grand-père avait des concessions dans tous les villages de baraquements où des aventuriers marchands d'or se défendaient.

Ma grand-mère était la première femme de grand-père, la mère de ses premiers enfants. C'est pourquoi il l'avait envoyée au village pour gérer la concession familiale. Il ne l'avait pas laissée dans les villages aurifères où il y a beaucoup de voleurs, d'assassins, de menteurs et de vendeurs d'or.

L'autre motif pour quoi grand-mère restait au village c'était pour empêcher que maman meure par arrêt net du cœur et pourrissement définitif de l'ulcère. Maman disait que la douleur allait la tuer sans faute la nuit que grand-mère la quitterait pour aller trouver les égorgeurs de femmes des baraquements des chercheurs d'or où grand-père trafiquait.

Grand-mère aimait beaucoup maman. Mais elle ne connaissait pas sa date de naissance, elle ne connaissait pas non plus le jour de sa naissance dans la semaine. La nuit où elle a accouché de ma mère, elle était trop occupée. Balla m'expliquait que cela n'avait pas d'importance et n'intéressait personne de connaître sa date et son jour de naissance vu que nous sommes tous nés un jour ou un autre et dans un lieu ou un autre et que nous allons tous mourir un jour ou un autre et dans un lieu ou un autre pour être tous enfouis sous le même sable, rejoindre les aïeux et connaître le même jugement suprême d'Allah.

La nuit de la naissance de ma mère, ma grand-mère était trop occupée à cause aussi de mauvais signes apparaissant un peu partout dans l'univers. Cette nuit-là, il y avait trop de mauvais signes dans le ciel et sur la terre, comme les hurlements des hyènes dans la montagne, les cris des hiboux sur les toits des cases. Tout ça pour prédire que la vie de ma mère allait être terriblement et malheureusement malheureuse. Une vie de merde, de souffrance, de damnée, etc.

Balla a dit qu'on a fait des sacrifices mais pas suffisamment assez pour éteindre tout le mauvais destin de ma maman. Les sacrifices, c'est pas forcé que toujours Allah et les mânes des ancêtres les acceptent. Allah fait ce qu'il veut ; il n'est pas obligé d'accéder (accéder signifie donner son accord) à toutes les prières des pauvres humains. Les mânes font ce qu'ils veulent ; ils ne sont pas obligés d'accéder à toutes les chiaderies des prieurs.

Grand-mère m'adorait moi, Birahima, comme un chéri. Elle m'aimait plus que tous ses autres petits-enfants. Chaque fois que quelqu'un lui donnait des morceaux de sucre, des mangues bonnes et douces, de la papaye et du lait, c'était pour moi, pour moi seul : elle ne les consommait jamais. Elle les cachait dans un coin de sa case et me les donnait quand j'y entrais, en sueur, fatigué, assoiffé, affamé comme un vrai mauvais garçon de la rue.

Ma maman, quand elle était jeune, vierge et jolie comme un bijou, elle vivait dans un village où grand-père trafiquait l'or et où il y avait de nombreux vendeurs d'or bandits qui violaient et égorgeaient les jeunes filles non encore excisées. C'est pourquoi elle n'a pas attendu longtemps. Dès le premier harmattan, elle est retournée au village pour participer à l'excision et à l'initiation des jeunes filles qui a lieu une fois par an quand souffle le vent du nord.

Personne dans le village de Togobala ne savait d'avance dans quelle savane aurait lieu l'excision. Dès les premiers chants des coqs, les jeunes filles sortent des cases. Et, à la queue leu leu (queue leu leu signifie à la file l'un après l'autre), elles entrent dans la brousse et marchent en silence. Elles arrivent sur l'aire de l'excision juste au moment où le soleil point. On n'a pas besoin d'être sur l'aire de l'excision pour savoir que, là-bas, on coupe quelque chose aux jeunes filles. On a coupé quelque chose à ma mère, malheureusement son sang n'a pas arrêté de couler. Son sang coulait comme une rivière débordée par l'orage. Toutes ses camarades avaient arrêté de saigner. Donc maman devait mourir sur l'aire de l'excision. C'est comme ça, c'est le prix à payer chaque année à chaque cérémonie d'excision, le génie de la brousse prend une jeune fille parmi les excisées. Le génie la tue, la garde comme sacrifice. Elle est enterrée sur place là-bas dans la brousse, sur l'aire de l'excision. Ce n'est jamais une moche, c'est toujours parmi les plus belles, la plus belle excisée. Ma maman était la plus belle des jeunes filles de sa génération ; c'est pourquoi le génie de la brousse avait choisi de la retenir pour la mort.

La sorcière exciseuse était de la race des Bambaras. Dans notre pays, le Horodougou, il y a deux sortes de races, les Bambaras et les Malinkés. Nous qui sommes des familles Kourouma, Cissoko, Diarra, Konaté, etc., nous sommes des Malinkés, des Dioulas, des musulmans. Les Malinkés sont des étrangers ; ils sont venus de la vallée du Niger depuis longtemps et longtemps. Les Malinkés sont des gens bien qui ont écouté les paroles d'Allah. Ils prient cinq fois par jour ; ils ne boivent pas le vin de palme et ne mangent pas le cochon ni les gibiers égorgés par un cafre féticheur comme Balla. Dans d'autres villages, les habitants sont des Bambaras, des adorateurs, des cafres, des incroyants, des féticheurs, des sauvages, des sorciers. Les Bambaras sont parfois aussi appelés Lobis, Sénoufos, Kabiès, etc. Ils étaient nus avant la colonisation. On les appelait les hommes nus. Les Bambaras sont les vrais autochtones,

les vrais anciens propriétaires de la terre. L'exciseuse
était de la race bambara. Elle s'appelait Moussokoroni.
Et Moussokoroni, en voyant ma maman en train de saigner, en train de mourir, a eu pitié parce que ma maman
était alors trop belle. Beaucoup d'adorateurs ne
connaissent pas Allah et sont toujours trop méchants
mais quelques-uns sont bons. L'exciseuse avait un
bon cœur et elle a travaillé. Avec sa sorcellerie, ses adorations, ses prières, elle a pu arracher ma maman
au méchant génie meurtrier de la brousse. Le génie a
accepté les adorations et les prières de l'exciseuse et ma
maman a cessé de saigner. Elle a été sauvée. Grand-père
et grand-mère, tout le monde était content au village et
tout le monde a voulu récompenser, payer au prix fort
l'exciseuse ; elle a refusé. Carrément refusé.

Elle ne voulait pas de l'argent, du bétail, de la cola,
du mil, du vin, des habits ou des cauris (cauri signifie
coquillage originaire de l'océan Indien qui a joué et
joue encore un rôle important dans la vie traditionnelle
et sert notamment de monnaie d'échange). Parce qu'elle
trouvait que ma maman était trop belle ; elle voulait la
marier à son fils.

Son fils était un chasseur, un cafre, un sorcier, un adorateur, un féticheur, un cafre auquel on ne doit jamais
donner en mariage une musulmane pieuse qui lisait
le Coran comme maman. Tout le monde au village a dit
non.

On a marié maman avec mon père. Parce que mon
père, il était le cousin de maman ; parce qu'il était le fils
de l'imam du village. Alors l'exciseuse sorcière et
son fils également magicien se sont tous les deux très
fâchés, trop fâchés. Ils ont lancé contre la jambe droite
de ma maman un mauvais sort, un koroté (signifie,

d'après l'Inventaire des particularités lexicales, poison opérant à distance sur la personne visée), un djibo (signifie fétiche à influence maléfique) trop fort, trop puissant.

Quand maman s'est mariée, a commencé à conserver sa première grossesse, un point noir, un tout petit point noir, a germé sur sa jambe droite. Le point noir a commencé à faire mal. On l'a percé. Il a ouvert une petite plaie ; on a soigné la petite plaie ; elle n'a pas guéri. Mais a commencé à bouffer le pied, à bouffer le mollet.

Sans perdre de temps, on est entré chez Balla, on est allé chez les magiciens, les voyants, les marabouts ; tous ont dit que c'est l'exciseuse et son fils qui ont jeté le mauvais sort. On est allé dans le village de l'exciseuse et de son fils. C'était trop tard.

Entre-temps, l'exciseuse était morte, bien morte de vieillesse et même bien enterrée. Son fils le chasseur, il était mauvais ; il ne voulait rien entendre, rien comprendre, rien accepter. Il était vraiment méchant comme un vrai adorateur, un ennemi d'Allah.

Maman a accouché de ma grande sœur. Quand ma grande sœur a marché et a commencé à faire des courses et comme la plaie continuait à pourrir, on a transporté maman à l'hôpital du cercle. C'était avant l'indépendance. Dans l'hôpital, il y avait un docteur blanc, un toubab avec trois galons sur les épaules, un médecin africain qui n'avait pas de galon, un infirmier major, une sage-femme et beaucoup d'autres noirs qui portaient tous des blouses blanches. Tous les noirs avec des blouses blanches étaient des fonctionnaires payés par le gouverneur de la colonie. Mais, pour qu'un fonctionnaire soit bon pour le malade, le malade apportait un poulet au fonctionnaire. Ç'a toujours été les coutumes en Afrique. Maman a donné des poulets à cinq fonctionnaires. Tous ont été bons pour maman, tous ont bien soigné maman. Mais la plaie de maman avec la bande et le permanganate, au lieu de guérir, a continué à beaucoup saigner et trop pourrir. Le médecin capitaine dit qu'il va opérer la jambe de maman, couper au genou et jeter tout le pourri aux chiens des décharges. Heureusement l'infirmier major à qui maman avait donné un poulet est venu dans la nuit prévenir maman.

Il lui a dit que sa maladie n'est pas une maladie pour blanc, c'est une maladie pour Africain noir nègre et sauvage. C'est une maladie que la médecine, la science du blanc ne peuvent guérir. « C'est la sorcellerie du guérisseur africain qui peut fermer ta plaie. Si le capitaine opère ta jambe, tu vas mourir, complètement mourir, totalement mourir comme un chien », a dit l'infirmier major. L'infirmier était musulman et ne pouvait pas mentir.

Grand-père a payé un ânier. Dans la nuit, au clair de lune, l'ânier et le guérisseur Balla sont allés à l'hôpital et ont comme des brigands enlevé maman. Ils l'ont amenée avant le lever du jour loin dans la brousse, ils l'ont cachée sous un arbre dans une forêt touffue. Le capitaine s'est fâché, est venu en tenue militaire avec ses galons et des gardes cercle au village. Ils ont cherché maman dans toutes les cases du village. Ils ne l'ont pas trouvée, vu que personne au village ne savait où on l'avait cachée dans la brousse.

Quand le capitaine et ses gardes sont partis, le guérisseur Balla et l'ânier sont sortis de la forêt et maman est rentrée dans sa case. Elle a continué à marcher sur les deux fesses par à-coups. Faforo (sexe de mon père) !

Tout le monde était maintenant convaincu que l'ulcère

de maman était une maladie d'indigène africain noir et qu'elle ne pouvait être soignée par aucun blanc européen mais par un médicament indigène de sorcier féticheur. Donc on était en train de réunir des colas, deux poulets, un blanc et un noir, et puis un bœuf. On allait apporter tous ces objets de sacrifice au fils de l'exciseuse qui avec sa mère avait lancé par jalousie le mauvais sort, le koroté, contre la jambe droite de ma mère. On allait lui demander pardon, de retirer le maléfice, le djibo. On était prêts.

Mais voilà que, très tôt le matin, à la surprise générale, on a vu arriver trois vieux du village de l'exciseuse. C'étaient des vrais vieillards féticheurs, non musulmans. Leurs boubous étaient dégoûtants, ils étaient vilains et sales comme l'anus de l'hyène. Tellement ils croquaient des colas que deux avaient les mâchoires nues, complètement, comme les séants d'un chimpanzé. Le troisième lui aussi avait les mâchoires nues sauf celle d'en bas avec deux crocs verdâtres comme fétiches. Tellement ils chiquaient le tabac, leurs barbes étaient rousses comme les poils du gros rat de la case de maman et non pas blanches comme chez les vieillards musulmans qui font cinq ablutions par jour. Ils marchaient comme escargots, cassés sur bâtons. Ils étaient venus avec des colas, deux poulets, un noir et un blanc, et puis un bœuf. Ils étaient venus demander pardon à ma mère. Parce que le fils de la sorcière, le chasseur trop méchant, était mort lui aussi. Il avait voulu avec son fusil tuer un buffle-génie dans la profonde brousse. Le buffle l'a encorné, puis balancé avant de le jeter à terre, de le piétiner et de le tuer complètement avec tous les intestins et entrailles dans la boue.

C'était tellement vilain et étonnant qu'on est allés voir

les devins et voyants aux paroles solides. Et tous ces devins et voyants ont dit que le méchant buffle n'était pas autre chose qu'un avatar (signifie changement, métamorphose) de ma maman Bafitini. C'est-à-dire que c'était ma maman qui s'était transformée en buffle méchant. C'était ma maman qui avait tué et mangé les âmes de l'exciseuse et de son fils (mangeur d'âmes signifie auteur de la mort qui est censé avoir consommé le principe vital de sa victime, d'après Inventaire des particularités). Ma maman était la plus grande sorcière de tout le pays : sa sorcellerie était plus forte que celle de l'exciseuse et de son fils. Elle était le chef de tous les sorciers et mangeurs d'âmes du village. Chaque nuit elle mangeait avec d'autres sorciers les âmes et dans l'ulcère de sa propre jambe. C'est pourquoi sa plaie ne pouvait jamais guérir. Personne dans le monde ne pouvait guérir l'ulcère pourri. C'est elle-même, ma mère, qui voulait marcher sur les fesses avec la jambe droite en l'air toute sa vie parce qu'elle aimait manger la nuit les âmes des autres et dévorer sa plaie pourrie. Walahé (au nom d'Allah) !

Quand j'ai appris tout ça, quand j'ai su la sorcellerie de ma mère, quand j'ai su qu'elle mangeait dans sa jambe pourrie, tellement j'étais surpris, estomaqué, que j'ai pleuré, trop pleuré, quatre jours nuit et jour. Matin cinquième jour, je suis parti de la case avec décision de ne plus manger avec maman. Tellement, tellement je la trouvais dégoûtante.

Je suis devenu un enfant de la rue. Un vrai enfant de la rue qui dort avec les chèvres et qui chaparde un peu partout dans les concessions et les champs pour manger.

Balla et grand-mère sont venus me prendre dans la brousse et m'ont ramené dans la maison. Ils m'ont essuyé les larmes ; ils m'ont demandé de refroidir le cœur (refroidir le cœur signifie apaiser mon sentiment de colère, de peine) et ont dit que maman n'était pas, ne pouvait pas être une sorcière. Parce qu'elle était musulmane. Les vieillards bambaras non musulmans étaient des fieffés menteurs.

Ce qu'ont dit Balla et grand-mère ne m'a pas bien convaincu ; c'était trop tard. Un pet sorti des fesses ne se rattrape jamais. Je continuais à regarder ma maman du coin de l'œil, avec méfiance et hésitation dans le ventre, disent les Africains, et dans le cœur, disent les Français. J'avais peur qu'un jour elle mange mon âme. Quand on a mangé ton âme, tu ne peux plus vivre, tu meurs par maladie, par accident. Par n'importe quelle malemort, gnamokodé (bâtardise) !

Quand maman est morte, Balla a dit qu'elle n'avait pas été mangée par les sorciers. Parce que lui, Balla, était un devin, un féticheur qui détectait les sorciers, qui connaissait les sorciers. Grand-mère a expliqué que maman avait été tuée par Allah seul avec l'ulcère et les larmes qu'elle a trop versées. Parce que lui, Allah, du ciel fait ce qu'il veut ; il n'est pas obligé de faire juste toutes ses choses d'ici-bas.

A partir de ce jour, j'ai su que j'avais fait du mal à ma maman, beaucoup de mal. Du mal à une handicapée. Ma maman ne m'a rien dit mais elle est morte avec la mauvaiseté dans le cœur. J'avais ses malédictions, la damnation. Je ne ferais rien de bon sur terre. Je ne vaudrais jamais quelque chose sur cette terre.

Peut-être je vous parlerai plus tard de la mort de ma maman. Mais ce n'est pas obligé ou indispensable d'en parler quand je n'ai pas envie. Faforo (sexe du père) !

Je ne vous ai rien dit encore de mon père. Il s'appelait Mory. Je n'aime pas parler de mon père. Ça me fait mal au cœur et au ventre. Parce qu'il est mort sans avoir la barbe blanche de vieillard sage. Je ne parle pas beaucoup de lui parce que je ne l'ai pas beaucoup connu. Je ne l'ai pas beaucoup fréquenté parce qu'il est crevé quand je roulais encore à quatre pattes. C'est le guérisseur Balla que j'ai toujours fréquenté et aimé. Heureusement le féticheur Balla connaît trop de choses. Il connaît la sorcellerie et a trop voyagé comme chasseur en Côte-d'Ivoire, au Sénégal, même au Ghana et au Liberia où des noirs sont américains noirs et où tous les indigènes parlent le pidgin. C'est comme ça on appelle là-bas l'anglais.

Issa est mon oncle, c'est comme ça on appelle le frère de son père. C'est à mon oncle Issa que devait appartenir maman après le décès de mon père, c'est lui qui devait automatiquement marier ma mère. C'est cela la coutume des Malinkés.

Mais personne au village n'était d'accord de donner ma maman à l'oncle Issa. Parce qu'il n'était jamais venu voir maman dans sa case; il ne s'était jamais occupé de moi et il a toujours critiqué méchamment mon père, ma grand-mère et mon grand-père. Personne au village n'aimait l'oncle Issa. Personne ne voulait de l'application de la coutume. Et, de son côté, mon oncle Issa ne voulait pas d'une femme qui marche sur les fesses et qui a toujours une jambe pourrie en l'air.

Comme la loi du Coran et de la religion interdit à une musulmane pieuse comme ma maman de vivre un an de douze lunes en dehors d'un mariage scellé avec attachement de cola (cola signifie graine comestible du colatier, consommée pour ses vertus stimulantes. La cola constitue le cadeau rituel de la société traditionnelle), ma maman a été obligée de parler, de dire ce qu'elle voulait, de choisir.

Elle a dit à grand-mère que c'était toujours Balla qui était nuit et jour dans sa case ; elle voulait son attachement de cola avec son guérisseur et féticheur Balla. Tout le monde a crié et aboyé comme des chiens enragés, tout le monde était contre parce que Balla était un Bambara féticheur qui ne faisait pas les cinq prières par jour, ne jeûnait pas. Donc il ne pouvait pas marier une musulmane pieuse comme ma mère qui tous les jours fait à l'heure ses cinq prières.

Il y a eu palabres et lecture du Coran. Pour couper court aux longues palabres on est allés voir l'imam. C'est ainsi on appelle le vieillard à la barbe blanche qui prie devant tout le monde le vendredi, les jours de fête et même cinq fois par jour. L'imam a demandé à Balla de dire plusieurs fois « Allah koubarou et bissimilaï ». Et Balla a dit une seule fois « Allah koubarou et bissimilaï », et tout le monde a été d'accord pour l'attachement de cola avec Balla.

C'est ainsi que Balla est devenu mon beau-père. C'est comme ça on appelle le second mari de votre mère. Balla et maman ont fait un mariage en blanc.

Même si la femme et l'homme mariés sont noirs et habillés en noir, quand ils ne font jamais l'amour on dit qu'ils ont fait un mariage en blanc. Le mariage était en blanc pour deux raisons. Balla avait trop de grigris au cou, au bras et à la ceinture et il ne voulait jamais se déshabiller devant une femme. Et même s'il voulait enlever tous les fétiches il n'aurait jamais réussi à faire des enfants. Parce qu'il ne connaissait pas la technique de mon père. Mon papa n'avait pas eu le temps de lui apprendre la façon acrobatique de se bien recourber sur maman pour appliquer des enfants, vu que maman marchait sur les fesses avec en l'air la jambe droite pourrie par l'ulcère.

Mon papa, il a fait trois enfants avec ma mère. Ma sœur Mariam et ma sœur Fatouma. Mon père il était un gros cultivateur et un bon croyant qui nourrissait bien ma maman. Grand-mère a dit que mon père est mort malgré tout le bien qu'il faisait sur terre parce personne ne connaîtra jamais les lois d'Allah et que le Tout-Puissant du ciel s'en fout, il fait ce qu'il veut, il n'est pas obligé de faire toujours juste tout ce qu'il décide de réaliser sur terre ici-bas.

Ma maman est morte pour la raison que Allah l'a voulu. Le croyant musulman ne peut rien dire ou reprocher à Allah, a dit l'imam. Il a ajouté que ma maman n'est pas morte par sorcellerie mais par son ulcère. Sa jambe a continué à pourrir à cause qu'il n'y avait plus personne pour la guérir après la disparition de l'exciseuse et de son fils et que sa maladie n'était pas une maladie à soigner dans un dispensaire du blanc. A cause aussi que le temps que Allah lui avait accordé sur terre était terminé.

L'imam a ajouté que ce n'était pas vrai ce que les vieillards crasseux étaient venus raconter. Ce n'est pas vrai que maman mangeait elle-même dans la nuit par sorcellerie dans sa plaie pourrie. Ça m'a refroidi le cœur et j'ai recommencé à pleurer ma mère. L'imam a dit que je n'avais pas été un garçon gentil. L'imam, dans le village, c'est le marabout à la barbe abondante qui, les vendredis à treize heures, dirige la grande prière. C'est pourquoi j'ai commencé à bien regretter.

Et toujours maintenant ça me fait mal, ça brûle mon

cœur quand je pense à la mort de maman. Parce que parfois je me dis que peut-être maman n'était pas une sorcière mangeuse d'âmes et me rappelle la nuit où elle a fini.

Quand maman a commencé à trop pourrir, pourrir au dernier degré, elle m'a convoqué et a serré trop fort mon bras gauche avec sa main droite. Je ne pouvais pas échapper pour aller faire le petit vagabond cette nuit-là dans les rues. J'ai dormi dans la natte et maman a rendu l'âme au premier chant du coq. Mais le matin les doigts de maman étaient tellement serrés sur mon bras qu'il a fallu Balla, grand-mère et une autre femme pour m'arracher à ma mère. Walahé (au nom d'Allah) ! c'est vrai.

Tout le monde a beaucoup pleuré parce que maman avait trop souffert sur cette terre ici-bas. Tout le monde a dit que maman allait partir directement dans le bon paradis d'Allah là-haut parce qu'elle a connu sur terre ici-bas tous les malheurs et toutes les souffrances et que Allah n'avait plus d'autres malheurs et souffrances à lui appliquer.

L'imam a dit que son âme sera une bonne âme, une âme qui protégera bien les vivants contre les malheurs et tous les mauvais sorts, une âme qu'il faut adorer et évoquer. Maman est maintenant dans le paradis ; elle ne souffre plus, tout le monde sur terre ici est content. Sauf moi.

La mort de maman me fait mal, encore très mal. Parce que les déclarations des vieillards cafres étaient des gros mensonges, ils étaient de fieffés menteurs. Et moi, j'ai été avec elle un mauvais et vilain garçon. J'ai blessé maman, elle est morte avec la blessure au cœur. Donc je suis maudit, je traîne la malédiction partout où je vais. Gnamokodé (bâtardise) !

Pour les funérailles de ma mère septième et quarantième jours (septième jour et quarantième jour signifie, d'après Inventaire des particularités, cérémonie à la mémoire d'un défunt), ma tante Mahan est venue du Liberia.

Mahan est la maman de Mamadou. C'est pourquoi on dit que Mamadou est mon cousin. Ma tante Mahan vivait au Liberia loin de la route dans la forêt après une rivière. Elle s'était réfugiée là-bas avec son second mari parce que son premier mari, le père de mon cousin Mamadou, était un maître chasseur. Un maître chasseur qui criait, injuriait, menaçait avec le couteau et le fusil. C'est ce qu'on appelle un violent ; le maître chasseur, le papa de Mamadou, était un gros violent. Ma tante a fait avec le maître chasseur ma cousine Férima et mon cousin Mamadou. Le nom du maître chasseur, le père de Mamadou, était Morifing. Mais tellement Morifing injuriait, frappait, menaçait ma tante, tellement et tellement qu'un jour ma tante est partie ; elle a fui.

Partout dans le monde une femme ne doit pas quitter le lit de son mari même si le mari injurie, frappe et menace la femme. Elle a toujours tort. C'est ça qu'on appelle les droits de la femme.

C'étaient pas encore les indépendances. Ma tante a été convoquée au bureau du commandant blanc de la subdivision. A cause des droits de la femme, les deux enfants ont été arrachés à leur mère et confiés à leur père. Pour empêcher ma tante de voler, de voir ses enfants, leur père les a envoyés en Côte-d'Ivoire. Le cousin Mamadou a été confié à son oncle, un gros infirmier. L'infirmier a envoyé mon cousin à l'école des blancs en Côte-d'Ivoire là-bas.

En ce temps, il n'y avait pas beaucoup d'écoles et

l'instruction était encore utile. C'est pourquoi Mamadou a pu devenir un grand quelqu'un. Même un docteur.

Malgré le divorce accordé par l'administrateur colo-
nial avec les droits de la femme, malgré que Morifing
avait la garde de ses deux enfants, le chasseur violent
continuait de chercher ma tante et son second mari. Des
fois, dans la nuit, il se réveillait, tirait seul son fusil en
l'air et disait qu'il allait les tuer tous les deux, qu'il les
tuerait tous les deux comme des biches s'il les voyait.
C'est pourquoi ma tante et son mari étaient partis loin
de toutes les colonies françaises comme la Guinée et la
Côte-d'Ivoire pour se réfugier dans la forêt au Liberia
qui est une colonie des Américains noirs où les lois
françaises des droits de la femme ne sont pas appli-
quées. Parce que l'anglais que les gens parlent là-bas
s'appelle pidgin. Faforo !

Donc, au moment des funérailles de ma mère, le chasseur violent n'était pas au village. C'était son habitude
de quitter plusieurs mois le village pour aller loin dans
d'autres pays où il continuait à faire le violent et à tuer
plein d'animaux sauvages pour vendre leur viande.
C'était ça son commerce, son occupation. C'est parce
qu'il était absent que ma tante était venue au village
pour venir nous aider tous, grand-mère, Balla et moi, à
pleurer la mort de ma mère.

Trois semaines après l'arrivée de ma tante au village,
ils ont réuni un grand palabre de la famille dans la case
de grand-père. (Palabre signifie assemblée coutumière
où se discutent les affaires pendantes, se prennent les
décisions.) Le palabre réunissait grand-père, grand-
mère, ma tante, d'autres tantes et d'autres oncles. Ils ont

décidé, en raison des lois de la famille chez les Malinkés, que ma tante était devenue, après la mort de ma
maman, ma seconde mère. La seconde mère est appelée aussi tutrice. C'était ma tante, ma tutrice, qui devait
me nourrir et m'habiller et avait seule le droit de me
frapper, injurier et bien m'éduquer.

Ils ont décidé que je devais partir au Liberia avec ma
tante, ma tutrice, parce que, au village, je n'allais pas à
l'école française ou à l'école coranique. Je faisais le
vagabond d'un enfant de la rue ou allais à la chasse
dans la brousse avec Balla qui, au lieu de m'instruire
dans les paroles d'Allah du Coran, m'apprenait la
chasse, le fétiche et la sorcellerie. Cela, grand-mère
était contre, elle voulait m'éloigner, me faire quitter
Balla pour que je ne devienne pas un Bambara, un féticheur non croyant au lieu de rester un vrai Malinké qui
fait bien ses cinq prières par jour.

Grand-mère, pour m'encourager, me convaincre de
quitter mon beau-père Balla, m'a dit que là-bas, au
Liberia, chez ma tante, je mangerais tous les jours du
riz avec viande et sauce graine. Moi j'ai été content de
partir et j'ai chanté parce que j'avais envie de bien manger du riz avec sauce graine. Walahé (au nom d'Allah) !

Mais le conseil des vieux a annoncé à grand-père et
grand-mère que je ne pouvais pas quitter le village parce
que j'étais un bilakoro. On appelle bilakoro un garçon
qui n'est pas encore circoncis et initié. Parce que au
Libéria là-bas c'est la forêt et les hommes sont des bushmen. (Bushmen signifie, d'après Inventaire, hommes de
la forêt, nom donné par mépris par les hommes de la
savane aux hommes de la forêt.) Les bushmen sont des
gens de la forêt qui ne sont pas malinkés et qui ne

connaissent pas la circoncision et l'initiation. J'ai fait partie du premier contingent de la bonne saison de bilakoros pour la circoncision et l'initiation.

Une nuit, on est venu me réveiller, nous avons marché et, au lever du soleil, nous étions dans une plaine à la lisière de la forêt sur l'aire de la circoncision. On n'a pas besoin d'être sur l'aire de la circoncision pour savoir que là-bas on coupe quelque chose. Chaque bilakoro a creusé un petit trou devant lequel il s'est assis. Le circonciseur est sorti de la forêt avec autant de citrons verts que de garçons à circoncire. C'était un grand vieillard de caste forgeron. C'était aussi un grand magicien et un grand sorcier. Chaque fois qu'il tranchait un citron vert, le prépuce d'un garçon tombait. Il a passé devant moi, j'ai fermé les yeux et mon prépuce est tombé dans le trou. Ça fait très mal. Mais c'est cela la loi chez les Malinkés.

On nous a logés dans un campement, dans un bois touffu à l'entrée du village où nous avons vécu ensemble pendant deux mois.

Pendant ces deux mois, on nous a appris des choses, beaucoup de choses avec obligation de ne jamais les divulguer. C'est ce qu'on appelle l'initiation. J'en parlerai jamais à un non-initié, de ce que j'ai appris à l'initiation. Le jour que nous avons quitté le bois sacré, nous avons bien mangé et bien dansé. Nous n'étions plus des bilakoros, nous étions des initiés, des vrais hommes. Et moi je pouvais quitter le village sans choquer personne, sans que personne jase.

Ma tante qu'on appelle aussi ma seconde maman ou ma tutrice et moi Birahima un garçon sans peur ou reproche nous étions prêts pour rejoindre le Liberia quand, brusquement, un soir à l'heure de la quatrième prière, on a entendu des gros cris suivis de coups de fusil du côté de la concession de l'ancien mari de ma tante, le chasseur violent. Tout le village a crié et a dit que le chasseur était revenu. Ma tante a eu tellement peur que, sans perdre de temps, elle a disparu dans la nuit dans la brousse sans moi. C'est quand, deux semaines après, ma tante est arrivée près de son mari là-bas au Liberia que grand-mère et les vieux du village ont commencé à chercher un voyageur capable de m'accompagner chez ma tante du Liberia.

Chez nous, tout le monde connaît les noms de tous les grands quelqu'uns originaires du village qui ont plein d'argent à Abidjan, Dakar, Bamako, Conakry, Paris, New York, Rome et même dans les pays lointains et froids de l'autre côté de l'Océan en Amérique et en France là-bas. Les grands quelqu'uns sont appelés aussi hadjis parce qu'ils vont tous les ans à La Mecque pour égorger là-bas dans le désert leurs moutons de la grande fête musulmane appelée fête des moutons ou el-kabeir.

C'est pourquoi tout le monde depuis longtemps au village avait entendu parler de Yacouba. Yacouba était un grand quelqu'un originaire du village qui était à Abidjan et qui faisait aussi le grand hadji là-bas avec le grand boubou bien amidonné.

Un matin, au réveil, tout le village a appris que Yacouba était revenu dans la nuit. Mais chacun devait fermer sa bouche et personne ne devait dire que Yacouba était au village. L'homme qui était revenu, tout le monde savait qu'il s'appelait bien Yacouba mais chacun devait oublier son nom de Yacouba et l'appeler

Tiécoura. Cinq fois par jour, tout le monde le voyait aller à la mosquée et personne ne devait dire à un autre qu'il l'avait vu passer de ses deux yeux. Yacouba alias Tiécoura. (En français, quand quelqu'un a un nom et qu'on doit l'appeler par un autre, on dit alias.) Yacouba alias Tiécoura était au village depuis deux lunes et personne ne l'appelait par son nom Yacouba et personne ne demandait pourquoi un grand quelqu'un comme lui était revenu.

Comme au village on ne trouvait toujours personne pour m'accompagner chez ma tante au Liberia, le grand quelqu'un hadji Tiécoura alias Yacouba, un matin après la prière, a dit qu'il allait m'emmener au Liberia. Il voulait m'accompagner parce qu'il était aussi multiplicateur de billets. Un multiplicateur de billets est un marabout à qui on donne une petite poignée d'argent un jour et qui, un autre jour, te rembourse avec plein de billets CFA ou même des dollars américains. Tiécoura était multiplicateur de billets et aussi marabout devin et marabout fabricant d'amulettes.

Tiécoura était pressé de partir parce que partout tout le monde disait qu'au Liberia là-bas, avec la guerre, les marabouts multiplicateurs de billets ou devins guérisseurs ou fabricants d'amulettes gagnaient plein d'argent et de dollars américains. Ils gagnaient trop d'argent parce qu'il ne restait plus au Liberia que des chefs de guerre et des gens qui ont trop peur de mourir. Un chef de guerre est un grand quelqu'un qui a tué beaucoup de personnes et à qui appartient un pays avec des villages pleins de gens que le chef de guerre commande et peut tuer sans aucune forme de procès. Avec les chefs de guerre et leurs gens, Tiécoura était sûr d'exercer là-bas sans être emmerdé par la police comme à Abidjan. Il

38

était toujours emmerdé par la police pour tout le travail et tous les métiers qu'il exerçait à Abidjan, Yopougon, Port-Bouët et autres villes de Côte-d'Ivoire comme Daloa, Bassam, Bouaké et même Boundiali, en pays sénoufo là-bas au nord.

Yacouba alias Tiécoura était un vrai grand quelqu'un, un vrai hadji. Quand il a été circoncis, il a quitté le village pour aller vendre les colas dans beaucoup de villes de la forêt au pays des bushmen, en Côte-d'Ivoire, comme Agloville, Daloa, Gagnoa ou Anyama. A Anyama il est devenu riche et a exporté plein de paniers de colas par bateau à Dakar. Par mouillage des barbes (signifie bakchich). Par mouillage des barbes ou bakchich des douaniers, les paniers de colas embarquaient au port d'Abidjan, arrivaient et sortaient au port de Dakar sans payer un sou de taxes ou de droits. Au Sénégal et en Côte-d'Ivoire. si l'exportateur de colas ne mouille pas bien les barbes des douaniers, il est obligé de payer plein de taxes et de droits comme impôts au gouvernement et ne gagne rien de rien. Les paniers de Yacouba qui n'avaient pas payé un sou de taxes étaient vendus au prix fort sur le marché au Sénégal avec de gros bénéfices. Avec les gros bénéfices, Yacouba alias Tiécoura est devenu riche.

Riche, il a pris l'avion et est allé à La Mecque pour devenir hadji. Hadji, il est revenu à Abidjan pour marier plusieurs femmes. Pour caser les nombreuses femmes, il a acheté plusieurs concessions (plusieurs cours) à Anyama et autres lieux perdus pleins d'assassins d'Abidjan comme Abobo. Comme il y avait beaucoup de chambres vides dans les concessions, ce sont ses parents, ses amis, les amis de ses parents et de ses amis, les parents de ses femmes qui sont venus de partout pour occuper les chambres, se faire bien nourrir et créer beaucoup de palabres. Pour régler les palabres toute la journée quand Yacouba alias Tiécoura ne priait pas, il discutait sous l'appatam. (Appatam, c'est une construction légère à toit de papot ou de feuilles de palmier tressées posées sur des pilotis qui sert d'abri contre le soleil.) Il discutait sous l'appatam dans son grand boubou amidonné avec les proverbes et les sourates d'un grand hadji avec turban.

Un mois, il a été tellement occupé par les palabres, tellement emmerdé par les palabreurs qu'il a oublié de bien mouiller la barbe des douaniers pour un bateau plein de paniers de colas qui est bien parti et est bien arrivé à Dakar.

A Dakar il y avait grève des dockers. Les dockers et les douaniers ont laissé les colas pourrir dans les cales pendant que Yacouba alias Tiécoura continuait encore à palabrer sous l'appatam. Tous les paniers de colas d'un bateau entier étaient entièrement foutus, perdus, bons à être jetés dans la mer. Yacouba avait perdu tout son argent. On dit en français que Yacouba était complètement ruiné, totalement ruiné.

Quand on est ruiné, les banquiers viennent réclamer l'argent qu'ils t'avaient généreusement prêté. Si tu ne rembourses pas sur place, ils te défèrent au tribunal. Si tu n'arrives pas à mouiller les barbes des magistrats, des juges, greffiers et avocats du tribunal d'Abidjan, tu es condamné au plus fort. Quand tu es condamné, si tu n'arrives pas à mouiller les barbes des huissiers et des policiers, on saisit tes concessions avec tes maisons.

On a saisi toutes les concessions de Yacouba alias Tiécoura. Pour ne pas voir ça et pour qu'on ne mette pas la main sur les bijoux de ses femmes, il s'est enfui au Ghana.

Le Ghana est un pays près de la Côte-d'Ivoire où on joue bien le football et où on parle aussi le pidgin comme anglais.

Au Ghana, il y avait plein de marchandises beaucoup moins chères qu'à Abidjan. En bien mouillant les barbes des douaniers des frontières, il a fait entrer ses marchandises en Côte-d'Ivoire sans payer les droits et a pu les vendre au prix fort avec des gros bénéfices. Avec les bénéfices, il s'est enrichi, a acheté une grande concession à Yopougon Port-Bouët, des femmes, des turbans, des boubous amidonnés et des cars rapides pour transporter les passagers pressés. Oui, beaucoup de cars rapides.

Comme le conducteur d'un des cars détournait toutes les recettes, Yacouba alias Tiécoura est monté lui-même dans le car pour encaisser son argent. Le conducteur mécontent a provoqué un accident mortel. Yacouba blessé, hospitalisé, a été guéri par Allah parce qu'il courbait tous les jours ses cinq prières et égorgeait très souvent plein de sacrifices. Parce que ses sacrifices étaient exaucés. (Chez les Africains indigènes noirs, c'est quand les sacrifices qu'on fait sont exaucés qu'on a beaucoup de chance.)

De son accident, de son hospitalisation, il tira deux choses. Primo il devint boiteux, on l'appela le bandit boiteux. Secundo il tira la pensée que Allah dans sa bonté ne laisse jamais vide une bouche qu'il a créée. Faforo (sexe de mon père) !

Pendant que Yacouba alias Tiécoura était à l'hôpital, un de ses amis est venu lui rendre visite. Il s'appelait Sekou, Sekou Doumbouya. C'était un camarade de groupe d'âge, un camarade d'initiation, donc un très vieux ami. (Dans les villages noirs nègres africains, les enfants sont classés par groupe d'âge. Ils font tout par groupe d'âge. Ils jouent et sont initiés par groupe d'âge.) Sekou est venu lui rendre visite en Mercedes Benz. En Côte-d'Ivoire, ce sont les riches qui circulent en Mercedes Benz. Sekou a indiqué à Yacouba le métier qu'il exerçait pour gagner beaucoup d'argent sans risques et sans rien foutre. C'était le travail de marabout. A sa sortie du CHU de Yopougon, Yacouba alias Tiécoura a vendu l'épave de la voiture et les autres cars rapides et s'est installé comme marabout multiplicateur de billets, fabricant d'amulettes, inventeur de paroles de prières pour réussir et découvreur des sacrifices pour éloigner tous les mauvais sorts.

Son travail a bien marché. Parce que plein de ministres, de députés, de hauts fonctionnaires, de nouveaux riches et d'autres gros quelqu'uns ont commencé à entrer chez lui. Quand les bandits, assassins et autres tueurs de Côte-d'Ivoire ont vu ça, ils sont entrés chez lui avec des valises pleines d'argent volé pour multiplier les billets des gains des hold-up.

A Abidjan, quand les policiers voient un bandit avec une arme à la main, ils ne discutent pas avec lui, ils l'abattent sans forme de procès, comme un gibier, un lapin. Un jour, les policiers ont tiré sur trois bandits, deux sont morts sur-le-champ ; le troisième, avant de crever, a pu expliquer que leur argent était chez le multiplicateur de billets Yacouba alias Tiécoura. Les policiers ont débarqué chez le multiplicateur.

Par sacrifices exaucés (signifie par chance d'après Inventaire des particularités. Les nègres indigènes africains font beaucoup de sacrifices sanglants contre les

42

malheurs. C'est quand leurs sacrifices sont exaucés qu'ils ont plein de chance), par sacrifices exaucés ou par chance, Yacouba alias Tiécoura était absent quand les policiers ont fouillé et ont trouvé chez lui trop de valises pleines de billets de banque volés.

Yacouba n'est plus retourné chez lui. Il a fui Abidjan la nuit, a pris le nom de Tiécoura et s'est réfugié au village où tous ceux qui le voyaient disaient qu'ils ne l'avaient pas vu. Yacouba continuait à penser, et il le disait, que Allah dans son immense bonté ne laisse jamais vide une bouche qu'il a créée.

C'est cet homme qui s'était proposé pour m'accompagner chez ma tante au Liberia. Walahé (au nom d'Allah)! c'est vrai.

Il est venu un matin me voir. Il m'a pris à part et, en secret, il m'a fait des confidences. Le Liberia était un pays fantastique. Son métier à lui, multiplicateur de billets de banque, était un boulot en or là-bas. On l'appelait là-bas grigriman. Un grigriman est un grand quelqu'un de là-bas. Pour m'encourager à partir, il m'a appris des tas d'autres choses sur le Liberia. Faforo (sexe de mon papa)!

Des choses merveilleuses. Là-bas, il y avait la guerre tribale. Là-bas, les enfants de la rue comme moi devenaient des enfants-soldats qu'on appelle en pidgin américain d'après mon Harrap's small-soldiers. Les small-soldiers avaient tout et tout. Ils avaient des kalachnikov. Les kalachnikov, c'est des fusils inventés par un Russe qui tirent sans s'arrêter. Avec les kalachnikov, les enfants-soldats avaient tout et tout. Ils avaient de l'argent, même des dollars américains. Ils avaient des chaussures, des galons, des radios, des casquettes, et même des voitures qu'on appelle aussi des 4 × 4. J'ai crié Walahé! Walahé! Je voulais partir au Liberia. Vite et vite. Je voulais devenir un enfant-soldat, un small-soldier. Un enfant-soldat ou un soldat-enfant, c'est kif-kif pareil. Je n'avais que le mot small-soldier à la bouche. Dans mon lit, quand je faisais caca ou pipi, je criais seul small-soldier, enfant-soldat, soldat-enfant!

Un matin, au premier chant du coq, Yacouba est arrivé à la maison. Il faisait encore nuit; grand-mère m'a réveillé et m'a donné du riz sauce arachide. J'ai beaucoup mangé. Grand-mère nous a accompagnés. Arrivés à la sortie du village où il y a les décharges du village, elle m'a mis dans la main une pièce d'argent, peut-être toute son économie. Jusqu'à aujourd'hui je sens le chaud de la pièce dans le creux de ma main. Puis elle a pleuré et est retournée à la maison. Je n'allais jamais plus la revoir. Ça, c'est Allah qui a voulu ça. Et Allah n'est pas juste dans tout ce qu'il fait ici-bas.

Yacouba m'a demandé de marcher devant lui. Yacouba boitait, on l'appelait le bandit boiteux. Il a dit avant le départ qu'en route nous aurions toujours quelque chose à manger parce que Allah dans son immense bonté ne laisse jamais vide une bouche qu'il a créée. Avec nos bagages sur la tête, Tiécoura et moi sommes partis à pied avant le lever du soleil pour la ville du marché où on trouvait les camions pour toutes les capitales de Guinée, du Liberia, de Côte-d'Ivoire et du Mali.

Nous n'avons même pas beaucoup fait pied la route, même pas un kilomètre : tout à coup à gauche, une chouette a fait un gros froufrou et est sortie des herbes et a disparu dans la nuit. J'ai sauté de peur et j'ai crié

« maman ! » et je me suis accroché aux jambes de Tiécoura. Tiécoura qui est un homme sans peur ni reproche
a récité une des trop puissantes sourates qu'il connaît
par cœur. Après, il a dit qu'une chouette qui sort à
gauche du voyageur est mauvais présage pour le
voyage. (Présage signifie signe par lequel on préjuge de
l'avenir.) Il s'est assis et a récité trois autres sourates
fortes du Coran et trois terribles prières de sorcier indigène. Automatiquement, un touraco a chanté à droite
(touraco : oiseau de grande taille frugivore, d'après
Inventaire). Le touraco ayant chanté à droite, Yacouba
s'est levé et a dit que le chant du touraco est une bonne
réponse. Une bonne chose qui signifiait que nous avions
la protection de l'âme de ma mère. L'âme de ma
maman est trop forte parce que ma maman a trop pleuré
sur terre ici-bas. L'âme de ma maman avait balayé sur
notre route le funeste froufrou de la chouette. (Funeste
signifie qui apporte le malheur, la mort.) Bien que je
sois maudit par ma maman, son âme me protégeait.

Et nous avons continué notre bon pied la route (pied
la route signifie, d'après Inventaire, marcher) sans parler, parce que nous étions très forts et rassurés.

Après ça, nous n'avons pas encore longtemps fait
beaucoup pied la route, même pas cinq kilomètres : tout
à coup à gauche encore une deuxième chouette a
fait froufrou dans les herbes et a disparu dans la nuit.
J'ai tellement eu peur et peur que j'ai crié deux fois
« maman ! ». Yacouba alias Tiécoura qui est un type
sans peur ni reproche dans le maraboutage et la sorcellerie a récité deux des trop bonnes sourates qu'il
connaît par cœur. Après, il a dit que des chouettes qui
sortent deux fois à gauche du voyageur c'est trop et trop
mauvais augure. (Augure signifie signe qui semble

annoncer l'avenir.) Il s'est assis et a récité six sourates fortes du Coran et six grosses prières de sorcier indigène. Automatiquement, une perdrix a chanté à droite ; alors il s'est levé, il a souri et a dit que le chant de la perdrix signifie que nous avons la protection de l'âme de ma mère. L'âme de ma maman est une bonne et trop forte âme parce que ma maman a trop pleuré et a trop marché sur les fesses ici-bas. L'âme de ma maman avait balayé encore sur notre voyage le deuxième funeste froufrou de la chouette. Ma maman était très bonne, elle me protégeait bien que je lui aie fait beaucoup mal.

Et nous avons continué à marcher notre bon pied la route sans nous soucier parce que nous étions vraiment contents et fiers.

Après ça nous n'avons pas encore fait longtemps pied la route, même pas dix kilomètres : tout à coup à gauche une troisième chouette a fait un trop gros froufrou dans les herbes et a disparu dans la nuit. J'ai tellement eu peur et peur et peur que j'ai crié trois fois « maman ! ». Tiécoura qui est un homme sans peur ni reproche dans le maraboutage et la sorcellerie a récité trois des trop puissantes sourates qu'il connaît par cœur. Après, il a dit que des chouettes qui sortent à gauche du voyageur trois fois est trois fois trop mauvais présage pour le voyage. Il s'est assis et a récité neuf autres sourates fortes du Coran et neuf grosses prières de sorcier indigène. Automatiquement, une pintade a chanté à droite ; alors il s'est levé, il a souri et a dit que le chant de la pintade signifie que nous avons la bénédiction de l'âme de ma mère. L'âme de ma maman est une bonne et trop forte âme parce que ma maman a trop pleuré et a trop marché sur les fesses ici-bas. L'âme de ma maman avait balayé encore sur notre voyage le troisième funeste froufrou de la chouette. Et nous avons continué à marcher notre bon pied la route sans beaucoup penser, tellement nous étions heureux et rassurés.

Le matin commençait à arriver et nous continuions à marcher. Tout à coup, tous les oiseaux de la terre, des arbres, du ciel ont chanté ensemble parce qu'ils étaient tous contents, tellement contents. Cela a fait sortir le soleil qui a bondi vis-à-vis devant nous au-dessus des arbres. Nous aussi nous étions trop contents, nous regardions au loin le sommet du fromager du village quand nous avons vu arriver sur notre gauche un aigle. L'aigle était lourd parce qu'il tenait quelque chose dans ses serres. Arrivé à notre hauteur, l'aigle a lâché au milieu de la route ce qu'il tenait. C'était un lièvre mort. Tiécoura a crié de nombreux gros bissimilaï et a prié longtemps et longtemps avec des sourates et beaucoup de prières de féticheur cafre. Il était trop soucieux et il a dit qu'un lièvre mort au milieu de la piste était très mauvais, trop mauvais augure.

Arrivés, nous ne sommes pas partis directement à l'autogare. Nous sommes entrés en ville avec volonté de renoncer au voyage, de retourner à Togobala. Il y avait trop de mauvais présages.

Mais nous avons vu une vieille grand-mère foutue s'appuyant sur un long bâton. Yacouba lui a donné une noix de cola. Elle était contente et elle nous a conseillé d'aller consulter un homme qui venait d'arriver dans le village. Cet homme était devenu le plus fort des marabouts, des médiums, des magiciens du village et de la région. (Médium signifie personne réputée pouvoir communiquer avec les esprits.) Nous avons contourné trois concessions, deux cases, et nous sommes tombés à

pic chez le marabout. Nous avons attendu dans le vesti-
bule, vu qu'il y avait des gens avant nous. En entrant
dans la case : surprise ! Le marabout n'était autre que
Sekou, l'ami d'enfance de Yacouba qui lui avait rendu
visite en Mercedes au CHU de Yopougon d'Abidjan.
Yacouba et Sekou se sont embrassés. Sekou avait été
obligé de quitter Abidjan et d'abandonner sa Mercedes
et tous ses biens à cause d'une sombre affaire de multi-
plication de billets comme Yacouba (sombre affaire
signifie déplorable, lamentable affaire, d'après le Petit
Robert). Dès que nous nous sommes assis dans la case,
Sekou, par une prestidigitation de maître, a sorti de la
manche de son boubou un poulet blanc. Yacouba a
crié son émerveillement. Moi j'ai été pris par un
effroi (effroi signifie frayeur mêlée d'horreur qui
saisit, d'après le Petit Robert). Sekou nous a recommandé beaucoup de sacrifices, des durs sacrifices.
Nous avons tué deux moutons et deux poulets dans un
cimetière. Le poulet qu'il avait sorti de sa manche plus
un autre.

Les sacrifices ont été exaucés. Allah et les mânes
n'étaient pas obligés de les accepter ; ils l'ont fait parce
qu'ils l'ont voulu. Nous avons été rassurés. Sekou nous
a conseillé aussi de ne pas embarquer avant vendredi.
Vendredi était le seul jour qui était recommandé à des
voyageurs qui ont vu un lièvre mort sur leur piste.
(Recommandé signifie conseillé vivement.) Parce que
vendredi est jour saint des musulmans, des morts et
même des féticheurs aussi.

Nous étions optimistes et forts (optimiste signifie
confiant en l'avenir d'après Larousse). Nous étions
optimistes et forts parce que Allah dans son immense
bonté ne laisse jamais une bouche qu'il a créée sans

subsistance (subsistance signifie nourriture et entretien).
On était en juin 1993.

Faut pas oublier de dire que, dans les discussions avec
le médium Sekou, Yacouba est parvenu à le convaincre
qu'il devait aller au Liberia et en Sierra Leone. Parce
que, dans ces pays, les gens mouraient comme des
mouches et, dans les pays où les gens mouraient comme
les mouches, les marabouts qui sont capables de sortir
un poulet de leur manche gagnent beaucoup d'argent ;
trop de dollars. Il n'a pas dit non. Et, de fait, nous
l'avons rencontré en plusieurs occasions dans les forêts
inhospitalières du Liberia et de Sierra Leone (inhospita-
lier signifie farouche, sauvage).

Voilà ce que j'avais à dire aujourd'hui. J'en ai marre ;
je m'arrête aujourd'hui.

Walahé ! Faforo (sexe de mon père) ! Gnamokodé
(bâtard) !

II

Quand on dit qu'il y a guerre tribale dans un pays, ça signifie que des bandits de grand chemin se sont partagé le pays. Ils se sont partagé la richesse ; ils se sont partagé le territoire ; ils se sont partagé les hommes. Ils se sont partagé tout et tout et le monde entier les laisse faire. Tout le monde les laisse tuer librement les innocents, les enfants et les femmes. Et ce n'est pas tout ! Le plus marrant, chacun défend avec l'énergie du désespoir son gain et, en même temps, chacun veut agrandir son domaine. (L'énergie du désespoir signifie d'après Larousse la force physique, la vitalité.)

Il y avait au Liberia quatre bandits de grand chemin : Doe, Taylor, Johnson, El Hadji Koroma, et d'autres fretins de petits bandits. Les fretins bandits cherchaient à devenir grands. Et ça s'était partagé tout. C'est pourquoi on dit qu'il y avait guerre tribale au Liberia. Et c'est là où j'allais. Et c'est là où vivait ma tante. Walahé (au nom d'Allah) ! c'est vrai.

Dans toutes les guerres tribales et au Liberia, les enfants-soldats, les small-soldiers ou children-soldiers ne sont pas payés. Ils tuent les habitants et emportent tout ce qui est bon à prendre. Dans toutes les guerres tribales et au Liberia, les soldats ne sont pas payés. Ils

51

massacrent les habitants et gardent tout ce qui est bon à garder. Les soldats-enfants et les soldats, pour se nourrir et satisfaire leurs besoins naturels, vendent au prix cadeau tout ce qu'ils ont pris et ont gardé.

C'est pourquoi on trouve tout à des prix cadeaux au Liberia. De l'or au prix cadeau, du diamant au prix cadeau, des télévisions au prix cadeau, des 4×4, cadeau, des pistolets et des kalachnikov ou kalach, cadeau, tout et tout au prix cadeau.

Et quand tout est au prix cadeau dans un pays les commerçants affluent vers ce pays. (Affluer, c'est arriver en grand nombre, dans mon Larousse.) Les commerçants et les commerçantes qui veulent vite s'enrichir vont tous au Liberia pour acheter ou échanger. Ils vont avec des poignées de riz, un petit morceau de savon, une bouteille de pétrole, quelques billets de dollars ou de francs CFA. Ce sont des choses qui font cruellement défaut là-bas. Ils achètent ou échangent contre des marchandises au prix cadeau, ça vient les vendre ici en Guinée et en Côte-d'Ivoire à des prix forts. C'est ça qu'on appelle faire de gros bénéfices.

C'est pour faire gros bénéfices que les commerçants et les commerçantes ça grouille autour des gbakas en partance pour le Liberia à N'Zérékoré. (Gbaka est un mot nègre noir africain indigène qu'on trouve dans l'Inventaire des particularités lexicales du français en Afrique noire. Il signifie car, automobile.)

Et puis, quand il y a guerre tribale dans un pays, on entre dans ce pays par convoi. On entrait au Liberia par convoi. (Il y a convoi lorsque plusieurs gbakas vont ensemble.) Le convoi est précédé et suivi de motos. Sur les motos, des hommes armés jusqu'aux dents pour défendre le convoi. Parce que, en plus des quatre grands bandits, il y a de nombreux petits bandits qui coupent la route et rançonnent. (Rançonner, c'est exiger de force ce qui n'est pas dû, d'après mon Larousse.)

C'est par convoi on va au Liberia et, pour ne pas se faire rançonner, nous avions une moto devant nous et c'est ainsi nous sommes partis. Faforo (cul du père) !

Le petit, un vrai kid (signifie d'après mon Harrap's gamin, gosse), un vrai bout d'homme, juste au tournant, juste et juste. La moto chargée de notre protection circulait devant, n'a pas pu stopper net au signal du bout d'homme. Les gars qui étaient sur la moto avaient cru que c'étaient des coupeurs de route. Ils ont tiré. Et voilà le gosse, l'enfant-soldat fauché, couché, mort, complètement mort. Walahé ! Faforo !

Vint un instant, un moment de silence annonçant l'orage. Et la forêt environnante a commencé à cracher tralala… tralala… tralala… de la mitraillette. Les tralalas… de la mitraillette entraient en action. Les oiseaux de la forêt ont vu que ça sentait mauvais, se sont levés et envolés vers autres cieux plus reposants. Tralalas de mitraille arrosèrent la moto et les gars qui étaient sur la moto, c'est-à-dire le conducteur de moto et le mec qui faisait le faro avec kalachnikov derrière la moto. (Le mot faro n'existe pas dans le Petit Robert, mais ça se trouve dans Inventaire des particularités lexicales du français en Afrique noire. Ça veut dire faire le malin.) Le conducteur de moto et le mec qui faisait faro derrière la moto étaient tous deux morts, complètement, totalement morts. Et malgré ça, la mitraillette continuait tralala… ding ! tralala… ding ! Et sur la route, par terre, on voyait déjà le gâchis : la moto flambait et les corps qui étaient mitraillés, remitraillés, et partout du sang, beau-

coup de sang, le sang ne se fatiguait pas de couler. A
faforo ! ça continuait son manège, ça continuait sa
musique sinistre de tralala. (Sinistre signifie sombre,
effrayant, terrifiant.)

Commençons par le commencement.

A l'habitude les choses se passent autrement. La moto
et le car stoppent net et juste au signal du petit gosse
sans dépasser d'un centimètre. Et les choses se passent
bien, très bien. A faforo ! Le petit gosse, l'enfant-soldat
haut comme le stick d'un officier, discute avec les mecs
qui sont sur la moto de protection en tête du convoi. Ça
familiarise, c'est-à-dire ça rigole comme s'ils buvaient
la bière ensemble tous les soirs. Le bout d'homme
siffle, resiffle. Alors on voit un 4×4 sortir de la brousse
avec des feuilles pour camoufler. Un 4×4 avec à bord
plein de gosses, plein d'enfants-soldats, des small-soldiers. Des gosses hauts comme ça… hauts comme le
stick d'un officier. Des enfants-soldats faisant le faro
avec des kalach. Des kalachnikov en bandoulière. Tous
en tenue de parachutiste. Des tenues de parachutiste
trop larges, trop longues pour eux, des tenues de parachutiste qui leur descendent jusqu'aux genoux, des
tenues de parachutiste dans lesquelles ça flotte. Le plus
marrant c'est que, parmi ces enfants-soldats, il y a des
filles, oui des vraies filles qui ont le kalach, qui font le
faro avec le kalach. Elles ne sont pas nombreuses. C'est
les plus cruelles ; ça peut te mettre une abeille vivante
dans ton œil ouvert. (Chez les nègres africains noirs,
quand quelqu'un est très méchant, on dit qu'il peut
mettre une abeille vivante dans un œil ouvert.) On
voit aussi des enfants-soldats habillés pareillement, portant des armes pareillement, sortir de brousse à pied,

s'accrocher au car, discuter avec les passagers comme si c'étaient des vieux copains avec qui ils ont fait la retraite de l'initiation. (Au village, faire la retraite de l'initiation signifie considérer comme un vrai copain.) Le 4 × 4 prend la tête du convoi, guide le convoi.

On arrive au camp retranché du colonel Papa le bon. Patrons du convoi descendent, ça rentre chez le colonel Papa le bon. Tout est déballé, pesé ou estimé. Les taxes des douanes sont calculées selon la valeur. De gros palabres s'engagent, ça discute fort et puis l'accord se conclut. Ça paie, repaie et en nature, du riz, du manioc, du fonio ou en dollar américain. Oui, en dollar américain. Le colonel Papa le bon organise une messe œcuménique. (Dans mon Larousse, œcuménique signifie une messe dans laquelle ça parle de Jésus-Christ, de Mahomet et de Bouddha.) Oui le colonel Papa le bon organise une messe œcuménique. Ça se fait plein de bénédictions. Et on se sépare.

C'est comme ça que ça se passe. Parce que le colonel Papa le bon, c'est le représentant, le prédicateur, de NPFL. (NPFL, c'est l'abréviation en anglais de National Patriotic Front of Liberia. En bon français, ça signifie Front national patriotique du Liberia.) NPFL est le mouvement du bandit Taylor qui sème la terreur dans la région.

Mais avec nous ça s'est pas passé du tout comme ça. Les gars chargés de la protection sur la moto ont cru que c'étaient des coupeurs de route et ils ont tiré. Et ça a déclenché.

Après les tralalas… de la mitraillette, on n'a entendu que les tralalas de la mitraillette. Les mecs qui étaient à l'arme étaient des fous de la mitraille et ça a continué à tirer. Et quand le gâchis était fait, bien fait, ça s'est enfin arrêté.

Pendant ce temps, dans le car, nous étions tous comme des dingues. Ça hurlait les noms de tous les mânes, de tous les génies protecteurs de la terre et du ciel. Ça faisait un boucan de tonnerre. Et tout ça parce que le mec qui était devant, mec qui faisait le faro avec le kalach, a tiré sur l'enfant-soldat.

Yacouba avait bien vu ça tout de suite au moment de l'embarquement. Il avait diagnostiqué que le mec derrière la moto se portait pas bien. C'est lui qui le premier a tiré. Il avait cru que c'étaient des petits bandits, des vulgaires coupeurs de route. Il a tiré et les conséquences étaient là, bien là.

Nous avons vu apparaître un enfant-soldat. Un small-soldier, c'était pas plus haut que le stick d'un officier. Un enfant-soldat en tenue de parachutiste beaucoup trop grande. C'était une fille. Ça sortait d'un pas hési-tant. (C'est comme ça on dit quand le pas est peureux, mal assuré.) Et puis ça a regardé le travail accompli par la mitraille, examiné comme si un mec pouvait se rele-ver alors que tout le monde était mort et même le sang était fatigué de couler. Il s'est arrêté et puis ça a sifflé et resifflé fort. Et de partout ont débouché des enfants-soldats, tous habillés pareil que le premier, tous faisant le faro avec le kalach.

Ça nous a encerclés d'abord et puis ça a crié : « Des-cendez des cars les mains en l'air », et nous avons com-mencé à descendre les mains en l'air.

Les enfants-soldats étaient en colère, rouges de colère. (On doit pas dire pour des nègres rouges de colère. Les nègres ne deviennent jamais rouges : ils se renfrognent.) Donc les small-soldiers s'étaient renfrognés ; ils pleuraient de rage. Ils pleuraient leur camarade qui était mort.

Nous avons commencé à descendre. Un à un, l'un à la suite de l'autre. Un soldat s'occupait des bijoux. Il arrachait les boucles d'oreilles et les colliers et les mettait dans un sac que tenait un autre. Les enfants-soldats décoiffaient, déshabillaient, déchaussaient chacun. Si le caleçon était beau, le prenaient. Les habits étaient mis à côté en tas, plusieurs tas : celui des chaussures, celui des coiffures, des pantalons, des caleçons. Le passager totalement nu essayait s'il était un homme de mettre la main maladroitement sur son bangala en l'air, si c'était une femme sur son gnoussou-gnoussou. (Bangala et gnoussou-gnoussou sont les noms des parties honteuses d'après Inventaire des particularités lexicales en Afrique noire.) Mais les enfants-soldats ne le laissaient pas faire. Manu militari, ils commandaient aux passagers honteux de foutre le camp dans la forêt. Et chacun courait pour aller se réfugier dans la forêt sans demander son reste.

Quand ce fut le tour de Yacouba, il ne se laissa pas faire. Il gueula fort : « Moi féticheur, moi grigriman, grigriman… » Les enfants-soldats le bousculèrent et l'obligèrent à se déshabiller. Il continua à gueuler : « Moi féticheur, grigriman. Moi grigriman… » Même nu, essayant de couvrir le bangala, il continuait à crier « grigriman, féticheur ». Et lorsqu'ils l'envoyèrent dans la forêt il en revint en criant toujours « grigriman, féticheur ». « Makou », lui commandèrent les enfants-soldats en pointant le kalach dans son cul. (Makou se trouve dans Inventaire des particularités lexicales du français d'Afrique noire. Ça veut dire silence.) Et il fit silence et s'arrêta au bord de la route, la main devant sur la partie honteuse.

Vint mon tour. J'ai pas laissé me monter sur les pieds, moi aussi. J'ai chialé comme un enfant pourri : « Enfant-soldat, small-soldier, soldat-enfant, je veux devenir un enfant-soldat, je veux aller chez ma tante à Niangbo. » Ils ont commencé à me déshabiller et moi j'ai continué à chialer, à chialer : « Small-soldier, moi enfant-soldat. Moi soldat-enfant. » Ils m'ont commandé de joindre la forêt, j'ai refusé et suis resté le bangala en l'air. Je m'en fous de la décence. Je suis un enfant de la rue. (Décence signifie respect des bonnes mœurs d'après le Petit Robert.) Je m'en fous des bonnes mœurs, j'ai continué à chialer.

Un des enfants-soldats a braqué le kalach dans mon cul et m'a commandé « Avale, avale ! » et je me suis makou. Je tremblais, mes lèvres tremblaient comme le fondement d'une chèvre qui attend un bouc. (Fondement signifie anus, fesses.) J'avais envie de faire pipi, de faire caca, de tout et tout. Walahé !

Mais vint le tour d'une femme, une mère. Elle est descendue du car avec son bébé sur le bras. Une balle perdue avait troué, zigouillé le pauvre bébé. La mère ne se laissa pas faire. Elle aussi, elle a refusé de se déshabiller. Ils ont arraché son pagne. Elle a refusé d'entrer dans la forêt, elle est restée à côté de moi et de Yacouba. Sur le bas-côté de la route avec son bébé mort sur le bras. Elle a commencé à chialer : « Mon bébé, mon bébé, Walahé ! Walahé ! » Quand j'ai vu ça, j'ai repris ma musique d'enfant pourri : « Je veux aller à Niangbo, je veux devenir un soldat-enfant. Faforo ! Walahé ! Gnamokodé ! »

Le concert était devenu trop retentissant, trop fort, ils se sont occupés de nous. Ils nous ont commandé : « Fermez la gueule. » Et nous avons makou. « Ne bougez

plus. » Et nous sommes restés quiets comme des mac-
chabées. Et nous sommes restés tous les trois, au bas-
côté de la route, comme des couillons au carré.

Et voilà un 4 × 4 qui débouche de la forêt. Plein d'enfants-soldats. Sans attendre un signal, ils ont commencé
à tout piller dans les cars. Ils ont pris tout ce qui était
bon à prendre. Ils les ont empilés dans le 4 × 4. Le 4 × 4
a fait plusieurs allers et retours au village. Après le
contenu des cars, ils se sont intéressés aux tas de chaussures, d'habits, de coiffures. Ils les ont empilés dans le
4 × 4 qui a fait encore plusieurs allers et retours. A son
dernier voyage, c'est revenu avec le colonel Papa le
bon.

Walahé ! Le colonel Papa le bon était sensationnelle-
ment accoutré. (Accoutrer, c'est s'habiller bizarrement
d'après mon Larousse.) Le colonel Papa le bon avait
d'abord le galon de colonel. C'est la guerre tribale qui
voulait ça. Le colonel Papa le bon portait une soutane
blanche, soutane blanche serrée à la ceinture par une
lanière de peau noire, ceinture soutenue par des bre-
telles de peau noire croisées au dos et sur la poitrine.
Le colonel Papa le bon portait une mitre de cardinal. Le
colonel Papa le bon s'appuyait sur une canne pontificale, une canne ayant au bout une croix. Le colonel
Papa le bon tenait à la main gauche la Bible. Pour cou-
ronner le tout, compléter le tableau, le colonel Papa le
bon portait sur la soutane blanche un kalachnikov en
bandoulière. L'inséparable kalachnikov qu'il traînait
nuit et jour et partout. Ça, c'est la guerre tribale qui
voulait ça.

Le colonel Papa le bon est descendu du 4 × 4 en pleurant. Sans blague, en pleurant comme un vrai gosse ! Il

est allé se pencher sur le corps de l'enfant-soldat, le corps du petit qui avait arrêté le convoi. Il a prié et prié encore. Le colonel Papa le bon est venu vers nous. Avec tout ce qu'il portait, tout et tout.

J'ai commencé à chialer : « Je veux être soldat-enfant, small-soldier, child-soldier. Je veux ma tantie, ma tantie à Niangbo ! » Un enfant-soldat en arme a voulu me faire ravaler mes sanglots. Le colonel Papa le bon s'est opposé ; il est venu me caresser la tête comme un vrai père. J'étais content et fier comme un champion de lutte sénégalaise. J'ai arrêté de pleurer. Le colonel Papa le bon dans sa majesté a fait un signe. Le signe qui voulait dire qu'on devait m'emmener. On m'a donné un pagne. Le pagne, je l'ai noué autour de mes fesses.

Il s'est approché de Yacouba qui a entonné sa chanson : « Je suis grigriman, je suis féticheur. » Il a fait un signe et on a apporté un pagne à Yacouba qui a caché sa partie honteuse. Son bangala s'était rétréci.

Le colonel Papa le bon s'est approché de la mère, de la mère avec le bébé. Il l'a regardée, puis regardée. Elle était débraillée, elle n'avait plus de pagne et son caleçon cachait mal le gnoussou-gnoussou. (Gnoussou-gnoussou signifie sexe de femme.) Elle avait un charme sensuel, elle avait un sex-appeal voluptueux. (Sex-appeal signifie donne envie de faire l'amour.) Le colonel Papa le bon a voulu partir, puis il est revenu. Il est revenu parce que la femme avait un sex-appeal voluptueux, il est revenu caresser le bébé. Il a demandé qu'on vienne chercher le corps du bébé.

Ils sont arrivés avec un brancard de fortune pour prendre le bébé. (On dit brancard de fortune quand le brancard a été fait vite et par manque. C'est dans le Petit Robert.) Le corps du bébé et celui du petit ont été hissés dans le 4×4 par le brancard de fortune.

Le colonel Papa le bon est monté dans la voiture. Quatre enfants-soldats en armes sont montés dans la voiture à côté du colonel Papa le bon. La voiture a démarré. Les autres ont suivi, pied la route. Oui pied la route. (Je vous l'ai déjà dit : pied la route signifie marcher.)

Nous les avons suivis. Nous, c'est-à-dire Yacouba, la mère du bébé et votre serviteur, c'est-à-dire moi-même, l'enfant de la rue en chair et en os. La voiture s'est dirigée vers le village, ça a monté la côte vers le village, doucement et en silence. Doucement et en silence parce qu'il y avait des morts à bord. C'est comme ça dans la vie tous les jours, quand il y a des morts à bord, forcément on va doucement et en silence. Nous étions optimistes parce que Allah dans son immense bonté ne laisse jamais vide une bouche qu'il a créée. Faforo !

Brusquement le colonel Papa le bon a fait arrêter la voiture. Il est descendu de la voiture, tout le monde est descendu de la voiture. Le colonel Papa le bon a crié un chant très fort et très mélodieux. Le chant a été renvoyé par l'écho. L'écho de la forêt. C'était le chant des morts en gyo. Le gyo est la langue des nègres noirs indigènes africains de là-bas, du patelin. Les Malinkés les appellent les bushmen, des sauvages, des anthropophages... Parce qu'ils ne parlent pas malinké comme nous et ne sont pas musulmans comme nous. Les Malinkés sous leurs grands boubous paraissent gentils et accueillants alors que ce sont des salopards de racistes.

Le chant a été repris par les enfants-soldats en armes. C'était tellement, tellement mélodieux, ça m'a fait pleurer. Pleurer à chaudes larmes comme si c'était la première fois je voyais un gros malheur. Comme si je ne croyais pas en Allah. Fallait voir ça. Faforo (cul de mon père) !

Tout le village est sorti des cases. Par curiosité, pour voir. Les gens ont suivi le 4 × 4 avec les corps. Par habitude et parce que les gens sont tous des couillons de suivistes. Ça a fait une véritable procession.

L'enfant-soldat mort s'appelait Kid, le capitaine Kid. Dans le chant mélodieux, le colonel Papa le bon scandait de temps en temps « Capitaine Kid » et tout le cortège gueulait après lui « Kid, Kid ». Fallait entendre ça. On aurait dit une bande d'abrutis.

On est arrivés dans le camp retranché. Comme tous ceux du Liberia de la guerre tribale, le camp était limité par des crânes humains hissés sur des pieux. Le colonel Papa le bon pointa le kalachnikov en l'air et tira. Tous les enfants-soldats s'arrêtèrent et tirèrent en l'air comme lui. Ça a fait une véritable fantasia. Fallait voir ça. Gnamokodé !

Le corps de Kid fut exposé sous l'appatam tout le reste de la journée. (Appatam existe dans Inventaire des particularités. Je l'ai déjà expliqué.)

La foule venait d'instant en instant et ça s'inclinait devant le corps et ça jouait à être triste comme si dans le Liberia-là on tuait pas tous les jours en pagaille des innocents et des enfants.

Le soir, la veillée funèbre commença à neuf heures après la prière musulmane et catholique. On connaissait pas exactement la religion de Kid, vu qu'on connaissait pas ses parents. Catholique ou musulman ? C'est kif-kif pareil. Au cours de la veillée, tout le village était là, assis sur des escabeaux autour des deux corps. Plusieurs lampes-tempête éclairaient. C'était féerique. (Féerique, gros mot de Larousse, signifie qui tient du merveilleux.)

Deux femmes entonnaient un chant qui était repris en chœur par tout le monde. De temps en temps, pour ne pas dormir et aussi pour ne pas être dévoré par les moustiques, ça se levait, agitait la queue d'éléphant. Parce que les femmes avaient des queues d'éléphant et ça dansait d'une façon scabreuse. Non ! Non ! C'était pas scabreux, c'était endiablé. (Scabreux signifie indécent, osé, d'après le Petit Robert.)

Brusquement on entendit un cri venant d'une profondeur insondable. Ça annonçait l'entrée du colonel Papa le bon dans la danse, l'entrée du chef de la cérémonie dans le cercle. Tout le monde se leva et se décoiffa parce que c'était lui le chef, le patron des lieux. Et on vit le colonel Papa le bon complètement transformé. Complètement alors ! Walahé ! C'est vrai.

Sa tête était ceinte d'un cordon multicolore, il avait le torse nu. Ça avait les muscles d'un taureau et ça m'a fait plaisir de voir un homme si bien nourri et si fort dans ce Liberia de famine. A son cou et sous les bras, à ses épaules, pendaient des multiples cordons de fétiches. Et parmi les cordons il y avait le kalach. Le kalach parce que c'était la guerre tribale au Liberia et on tuait les gens comme si personne ne valait le pet d'une vieille grand-mère. (Au village, quand quelque chose n'a pas d'importance, on dit qu'il ne vaut pas le pet d'une vieille grand-mère. Je l'ai expliqué une fois déjà, je l'explique encore.) Papa le bon fit trois fois le tour des corps et vint s'asseoir. Tout le monde s'est assis et a écouté comme des couillons au carré.

Ça commence par expliquer les circonstances dans lesquelles le capitaine Kid a été tué. Des jeunes gens sur la moto, pris par l'esprit du mal, ont tiré sur lui sans sommation. C'est le diable qui les avait pris. L'âme du capitaine s'est envolée. Nous allons bien le pleurer. Nous ne pouvions pas enlever le diable dans le cœur de tous les passagers du convoi, dans l'esprit de tous les responsables du décès du capitaine. C'était pas possible. Alors nous en avons tué quelques-uns mais, comme Dieu dit de pas trop tuer, de moins tuer, nous avons abandonné, laissé les autres dans l'état dans lequel ils sont arrivés sur terre. Nous les avons laissés nus. C'est ce que Dieu a dit : quand des gens te font trop de mal, tu les tues moins mais tu les laisses dans l'état où ils sont arrivés sur terre. Tous leurs biens qui étaient dans le car, tout ce qu'ils avaient sur eux a été amené ici. Ça devait être donné aux parents du capitaine. Mais, comme personne ne connaît les parents du capitaine, tout sera distribué, partagé avec justice entre tous les enfants-soldats, les copains du capitaine Kid. Les enfants-soldats vendront ce qu'on leur donnera et ils se feront des dollars. Avec les dollars, ils pourront acheter du haschisch en plein. Dieu punira ceux qui ont fait le mal de tuer le capitaine Kid.

Après, il annonça ce que ça allait entreprendre. Walahé ! Rechercher le sorcier mangeur d'âmes. Le mangeur d'âmes qui avait bouffé le soldat-enfant, le capitaine Kid, djoko-djoko. (Djoko-djoko signifie de toute manière d'après Inventaire des particularités.) Ça allait le débusquer sous n'importe forme ça se cachait. Ça allait danser toute la nuit et, s'il le fallait, une journée entière encore. Ça n'arrêtera pas tant qu'il ne l'aura pas trouvé. Tant que ça n'aura pas été totalement confondu. (Confondu signifie, d'après Larousse, que le sorcier reconnaît par sa propre bouche son forfait.)

Le colonel Papa le bon, pour être plus sérieux, plus disponible, se débarrassa de son kalach. Ça le plaça pas loin ; il le plaça à portée de main parce que c'était la guerre et on mourait comme des mouches dans le Liberia de la guerre tribale.

Et les tam-tams reprirent de plus belle, de plus endiablé, de plus trépidant. Et les chants plus mélodieux que chez rossignol même. De temps en temps, ça servait du vin de palme, de temps en temps, le colonel Papa le bon buvait du vin de palme, s'adonnait au vin de palme. Or le vin de palme n'est pas très bon pour le colonel Papa le bon. Pas du tout. Toute la nuit il en a bu, tellement bu qu'à la fin il était totalement soûl, complètement ding. (Ding signifie inconscient.)

C'est vers quatre heures du matin, totalement soûl, que ça se dirigea à pas hésitants vers le cercle des femmes. Et là se saisit vigoureusement d'une vieille qui était elle aussi à demi endormie. C'était elle et pas une autre qui avait mangé l'âme du brave soldat-enfant Kid. C'était elle, Walahé !, elle et pas une autre qui était le chef de la bacchanale. (Bacchanale signifie orgie dans mon Larousse.)

La pauvre cria comme un oiseau pris dans un piège :

« C'est pas moi ! C'est pas moi !

– Si, c'est toi. Si, c'est toi, répliqua le colonel Papa le bon. L'âme de Kid est venue dans la nuit te dénoncer.

– Walahé ! c'est pas moi. J'aimais Kid. Il venait manger chez moi.

– C'est pourquoi tu l'as bouffé. Je t'ai vue dans la nuit te transformer en hibou. Je dormais comme un caïman, un œil demi-ouvert. Je t'ai vue. Tu as pris l'âme dans tes serres. Tu es allée dans les feuillages du grand fromager. Les autres transformés en hiboux t'ont rejointe.

Là ce fut la bacchanale. Tu as bouffé le crâne. C'est toi qui as bouffé le cerveau avant de laisser le reste à tes adjoints. C'est toi. C'est toi ! C'est toi ! hurla le colonel Papa le bon.

— Non, ce n'est pas moi !

— L'âme du mort est venue hier soir me dire que c'est toi. Si tu n'avoues pas je te fais passer par l'épreuve du fer incandescent. (Incandescent signifie état d'un corps qu'une température élevée rend lumineux.) Je fais passer le fer incandescent sur ta langue. Oui. Oui », répliqua le colonel Papa le bon.

La vieille, devant l'accumulation des preuves, a fait makou, bouche bée. Et puis elle a reconnu, elle fut confondue. Elle avoua. (Avouer se trouve dans mon Larousse. Il signifie dire de sa propre bouche que les faits incriminés sont vrais.)

La vieille qui avoua s'appelait Jeanne. Elle et trois de ses adjointes furent conduites sous bonne escorte en prison. Là, le colonel Papa le bon allait les désensorceler. (Désensorceler, c'est délivrer de l'ensorcellement.) Walahé (au nom d'Allah) ! Faforo !

L'enterrement du capitaine Kid eut lieu le lendemain à quatre heures de l'après-midi. C'était par un temps pluvieux. Il y eut beaucoup de larmes. Les gens se tordaient et chialaient « Kid ! Kid ! Kid ! » comme si c'était la première fois qu'ils voyaient un malheur. Et puis les enfants-soldats se sont alignés et ils ont tiré avec les kalach. Ils ne savent faire que ça. Tirer, tirer. Faforo (bangala de mon père) !

Le colonel Papa le bon était le représentant du Front national patriotique, en anglais National Patriotic Front (NPFL) à Zorzor. C'était le poste le plus avancé au nord du Liberia. Ça contrôlait pour le NPFL l'important trafic venant de la Guinée. Ça percevait les droits de douane et surveillait les entrées et sorties du Liberia.

Walahé ! Le colonel Papa le bon était un grand quelqu'un du Front national patriotique. Un homme important de la faction de Taylor.

Qui était le bandit de grand chemin Taylor ?

On a entendu parler de Taylor la première fois au Liberia quand il a réussi le fameux coup de gangstérisme qui mit le trésor public libérien à genoux. Après avoir vidé la caisse, il est arrivé à faire croire avec du faux en écriture au gouvernement libérien que celui-ci avait plein de dollars aux USA. Quand on a découvert le pot aux roses (signifie le secret d'une affaire) et compris que tout ça c'était du bidon, on l'a poursuivi. Il s'est réfugié aux USA sous un faux nom. Des minutieuses recherches ont permis de le dénicher, de mettre la main à son collet. (Mettre la main au collet, c'est arrêter.) On l'a enfermé.

Sous le verrou, il a réussi à corrompre avec l'argent volé ses geôliers. Il s'est enfui en Libye où il s'est présenté à Kadhafi comme le chef intraitable de l'opposition au régime sanguinaire et dictatorial de Samuel Doe. Kadhafi le dictateur de Libye qui depuis longtemps cherchait à déstabiliser Doe l'a embrassé sur la bouche. Il les a envoyés, lui et ses partisans, dans le camp où la Libye fabrique des terroristes. La Libye a toujours eu un tel camp depuis que Kadhafi est au pouvoir dans ce pays. Dans ce camp, Taylor et ses partisans ont appris la technique de la guérilla.

Et ce n'est pas tout : il l'a refilé à Compaoré, le dictateur du Burkina Faso, avec plein d'éloges comme si c'était un homme recommandable. Compaoré, le dictateur du Burkina, l'a recommandé à Houphouët-Boigny, le dictateur de la Côte-d'Ivoire, comme un enfant de chœur, un saint. Houphouët qui en voulait à Doe pour avoir tué son beau-fils fut heureux de rencontrer Taylor et l'embrassa sur la bouche. Houphouët et Compaoré se sont vite entendus sur l'aide à apporter au bandit. Compaoré au nom du Burkina Faso s'occupait de la formation de l'encadrement, Houphouët au nom de la Côte-d'Ivoire s'était chargé de payer des armes et l'acheminement de ces armes.

Et voilà le bandit devenu un grand quelqu'un. Un fameux chef de guerre qui met une large partie du Liberia en coupe réglée. (Mettre en coupe réglée, c'est exploiter systématiquement une population ; c'est lui imposer des sacrifices onéreux.) Taylor réside à Gbarnea. De temps en temps il monte des opérations meurtrières avec des soldats-enfants pour prendre la Mansion House. La Mansion House, c'est là, avant que les bandits se partagent le pays, qu'habitait le président du Liberia.

Comparé à Taylor, Compaoré le dictateur du Burkina, Houphouët-Boigny le dictateur de Côte-d'Ivoire et Kadhafi le dictateur de Libye sont des gens bien, des gens apparemment bien. Pourquoi apportent-ils des aides importantes à un fieffé menteur, à un fieffé voleur, à un bandit de grand chemin comme Taylor pour que Taylor devienne le chef d'un État ? Pourquoi ? Pourquoi ? De deux choses l'une : ou ils sont malhonnêtes comme Taylor, ou c'est ce qu'on appelle la grande politique dans l'Afrique des dictatures barbares et liberticides des pères des nations. (Liberticide, qui tue la liberté d'après mon Larousse.)

Dans tous les cas, Taylor harcèle tout le monde et est

partout présent. C'est tout le Liberia qui est pris en otage par le bandit, de sorte que le slogan de ses partisans « No Taylor No peace », pas de paix sans Taylor, commence à être une réalité en cette année de 1993. Gnamokodé ! Walahé !

Le colonel Papa le bon qui est le représentant de Taylor à Zorzor est lui aussi un drôle de numéro.

Pour commencer il n'eut pas de père ou on ne connut pas son père. Sa mère se promenait comme ça de bar en bar dans la grande ville de Monrovia lorsqu'elle accoucha comme ça d'un enfant qu'elle appela Robert's. Un marin voulut épouser la femme quand l'enfant avait cinq ans, mais ne voulut pas de l'enfant. On confia Robert's à sa tante qui elle aussi se défendait dans les bars. La tante le laissait seul dans la maison à s'amuser seul avec les capotes anglaises. (Les capotes anglaises, c'est les préservatifs.)

Un organisme d'aide à l'enfance s'en aperçut ; il prit Robert's, le plaça dans un orphelinat tenu par les bonnes sœurs.

Robert's fit de brillantes études. Il voulut être prêtre, on l'envoya aux USA. Après ses études, il revint au Liberia pour se faire ordonner. C'était trop tard, c'était la guerre tribale au Liberia. Il n'y avait plus rien, pas d'Église, pas d'organisation, pas d'archives. Il voulut retourner aux USA et là-bas attendre peinard des jours meilleurs.

Mais en voyant les enfants dans la rue partout en pagaille et en se rappelant sa propre enfance, il fut bouleversé. Il se ravisa et voulut faire quelque chose. En soutane, il groupa les enfants et entreprit de leur donner à manger. Les enfants l'appelèrent Papa le bon. Oui

Papa le bon qui donne à manger aux enfants de la rue.

Son action eut un retentissement international et beaucoup de personnes à travers le monde voulurent l'aider et on ne parla que de lui. Cela ne plut pas à tout le monde et surtout pas au dictateur Doe qui commandait encore à Monrovia. Le dictateur envoya des assassins à ses trousses. Il échappa d'un cheveu et eut juste le temps de rejoindre Taylor. Taylor l'ennemi juré de Samuel Doe. Taylor le nomma colonel et lui confia de grandes responsabilités. Il eut le commandement de toute une région et la responsabilité d'encaisser les taxes de douanes pour son chef Taylor à Zorzor.

Le village de Zorzor comprenait trois quartiers. Le quartier d'en haut où était concentrée l'administration du colonel Papa le bon. Le quartier des paillotes des natives (les natives, c'est les indigènes du pays d'après Harrap's) et le quartier des réfugiés. Les réfugiés étaient les plus peinards dans le pays. Tout le monde leur donnait à manger, le HCR, des ONG. Mais on n'acceptait là que des femmes, des enfants de moins de cinq ans et des vieillards ou des vieillardes. Autrement dit, c'était con : moi, je ne pouvais pas y aller. Gnamokodé (bâtard) !

Le quartier d'en haut était une sorte de camp retranché. Un camp retranché limité par des crânes humains hissés sur des pieux, avec cinq postes de combat protégés par des sacs de sable. Chaque poste était gardé par quatre enfants-soldats. Les enfants-soldats bouffaient bien toutes les bonnes choses. Parce que s'ils ne bouffaient pas bien, ils pouvaient foutre le camp et ça pouvait être mauvais pour le colonel Papa le bon. Le quartier d'en haut comprenait aussi des bureaux, un arsenal, un temple, des habitations et des prisons.

La première chose dans le quartier d'en haut, c'était l'arsenal. L'arsenal était une sorte de bunker au centre du camp retranché. Le colonel Papa le bon avait les clés du bunker à la ceinture sous la soutane. Il ne s'en séparait jamais. Il y avait des choses dont Papa le bon ne se séparait jamais : les clés de l'arsenal, son éternel kalach et le grigri de protection contre les balles. Faforo ! Ça dormait, mangeait, priait et faisait l'amour avec ces choses-là, le kalach, les clés de l'arsenal et le grigri de protection contre les balles.

La deuxième chose dans le quartier d'en haut, c'étaient les prisons. Les prisons n'étaient pas de véritables prisons. C'était un centre de rééducation. (Dans le Petit Robert, rééducation signifie action de rééduquer, c'est-à-dire la rééducation. Walahé ! Parfois le Petit Robert aussi se fout du monde.) Dans ce centre, le colonel Papa le bon enlevait à un mangeur d'âmes sa sorcellerie. Un centre pour désensorceler.

Il y avait deux établissements distincts. Un pour les hommes ; il ressemblait à une véritable prison avec barreaux et gardiens. La garde de la prison des hommes comme la garde de toutes les choses sérieuses chez le colonel Papa le bon était assumée par des enfants-soldats, des puceaux. (Puceaux signifie des garçons vierges. Des garçons qui n'ont jamais fait l'amour, comme moi.)

Dans la prison, tout était mélangé, des prisonniers de guerre, des prisonniers politiques et des prisonniers de droit commun. Il y avait aussi une catégorie de prisonniers qu'on ne pouvait caser dans aucune des catégories : c'étaient les maris des femmes que le colonel Papa le bon avait décidé d'aimer.

L'établissement à désensorceler pour les femmes

étaient une pension. Une pension de luxe. Sauf que les femmes n'avaient pas le droit de sortir librement.

Les femmes subissaient des exercices de désenvoûtement. Les séances de désenvoûtement se faisaient en tête à tête avec le colonel Papa le bon pendant de longues heures. On disait que pendant ces séances le colonel Papa le bon se mettait nu et les femmes aussi. Walahé !

La troisième chose dans le quartier d'en haut, c'était le temple. Le temple était ouvert à toutes les religions. Tous les habitants devaient tous les dimanches participer à la messe pontificale. C'est comme ça le colonel Papa le bon appelait sa messe pontificale parce que ça se faisait avec la canne pontificale. Après la messe, on écoutait le sermon du colonel Papa le bon.

Ça portait sur la sorcellerie, les méfaits de la sorcellerie. Ça portait sur la trahison, sur les fautes des autres chefs de guerre : Johnson, Koroma, Robert Sikié, Samuel Doe. Ça portait sur le martyre que subissait le peuple libérien chez ULIMO (United Liberian Movement of Liberia), Mouvement uni de libération pour le Liberia, chez le LPC (le Liberian Peace Council) et chez NPFL-Koroma.

C'est dans le temple que les passagers venaient assister à la messe œcuménique. Après la messe œcuménique, il y avait un sermon. Le sermon était pareil à celui qui se disait après la messe pontificale.

Enfin la quatrième chose, il y avait des maisons en paille et en tôle ondulée, une dizaine. Une dizaine dont cinq étaient réservées au colonel Papa le bon. On ne savait jamais où le colonel Papa le bon passait sa nuit. Parce que le colonel Papa le bon était un grand quelqu'un pendant la guerre tribale. Un grand quelqu'un, on ne sait jamais où ça dort pendant la guerre tribale. C'est la guerre tribale qui veut ça.

Les cinq autres maisons servaient de casernement aux soldats-enfants.

Le casernement des enfants-soldats, faforo! On se couchait à même le sol sur des nattes. Et on mangeait n'importe quoi et partout.

Le village des natives, des indigènes, de Zorzor s'étendait à un kilomètre du camp retranché. Il comprenait des maisons et des cases en torchis. Les habitants étaient des Yacous et des Gyos. Les Yacous et les Gyos, c'étaient les noms des nègres noirs africains indigènes de la région du pays. Les Yacous et les Gyos étaient les ennemis héréditaires des Guérés et des Krahns. Guéré et Krahn sont les noms d'autres nègres noirs africains indigènes d'une autre région du foutu Liberia. Quand un Krahn ou un Guéré arrivait à Zorzor, on le torturait avant de le tuer parce que c'est la loi des guerres tribales qui veut ça. Dans les guerres tribales, on ne veut pas les hommes d'une autre tribu différente de notre tribu.

A Zorzor, le colonel Papa le bon avait le droit de vie et de mort sur tous les habitants. Il était le chef de la ville et de la région et surtout le coq de la ville. A faforo! Walahé (au nom d'Allah)!

Nous fûmes intégrés dans la combine du colonel Papa le bon aussitôt après l'enterrement du soldat-enfant, le capitaine Kid.

Moi je rejoignis le casernement des enfants-soldats. On me donna une vieille tenue de parachutiste d'un adulte. C'était trop grand pour moi. Je flottais là-dedans. Le colonel Papa le bon lui-même, au cours d'une cérémonie solennelle, me donna un kalach et me nomma lieutenant.

Les soldats-enfants, on nous nommait à des grades pour nous gonfler. On était capitaine, commandant, colonel, le plus bas grade était lieutenant. Mon arme était un vieux kalach. Le colonel m'apprit lui-même le maniement de l'arme. C'était facile, il suffisait d'appuyer sur la détente et ça faisait tralala... Et ça tuait, ça tuait ; les vivants tombaient comme des mouches.

La maman du bébé alla aux femmes à désensorceler. (Chaque femme à désensorceler était enfermée nue, totalement nue, tête à tête avec le colonel Papa le bon. C'était la guerre tribale qui voulait ça.)

Le colonel Papa le bon fut très heureux de rencontrer Yacouba, très heureux d'avoir un grigriman, un bon grigriman musulman.

« Quelle sorte de grigris ? lui demanda le colonel Papa le bon.

— De toute sorte d'usages, lui répondit Yacouba.

— Des grigris contre les balles aussi ?

— Je suis fortiche dans la protection contre les balles. C'est pourquoi je suis venu au Liberia. Au Liberia où il y a la guerre tribale, où partout se promènent des balles qui tuent sans crier gare.

— Impé, impé ! » s'écria le colonel Papa le bon.

Il l'embrassa sur la bouche. Et il l'installa dans une maison réservée aux grands quelqu'uns. Yacouba était un bienheureux. Ça avait tout et surtout ça mangeait comme quatre.

Yacouba se mit aussitôt au travail. Il fabriqua coup sur coup trois fétiches pour le colonel Papa le bon. De très bons fétiches. Le premier pour le matin, le deuxième

pour l'après-midi et le troisième pour le soir. Le colonel
Papa le bon les attacha sous la soutane à la ceinture. Et
paya cash. Yacouba lui souffla à l'oreille – pour lui seul
– les interdits qui sont attachés à chaque grigri.

Yacouba s'installa comme devin. Il vaticina. (Vatici-
ner, c'est prophétiser.) Dans le sable il traça des signes
et dévoila l'avenir du colonel Papa le bon. Le colonel
devait faire le sacrifice de deux bœufs. Oui, deux gros
taureaux…

« Mais il y a pas de bœuf à Zorzor, répondit le colonel
Papa le bon.

– Il faut le faire, c'est un sacrifice indispensable ; il est
inscrit dans ton avenir. Mais ce n'est pas trop, trop
pressé », répondit Yacouba.

Yacouba fabriqua des fétiches pour chaque soldat-
enfant et pour chaque soldat. Les fétiches s'achetaient
au prix fort. Moi j'ai eu le grigri le plus puissant. Et gratis. Les fétiches se renouvelaient. Yacouba ne manquait
jamais de boulot. Non, jamais ! Yacouba était riche
comme un moro-naba. Moro-naba, c'est le chef cossu
des Mossis du Burkina Faso. Il envoyait de l'argent
au village de Togobala, à ses parents, aux griots et à
l'almamy (d'après Inventaire des particularités, chef
religieux), tellement il avait de l'argent de reste.

Une journée ça ne dure guère que douze heures.
C'était emmerdant, très dommage, c'était trop peu pour
le colonel Papa le bon. Il y avait toujours du reste de
travail pour le lendemain. Allah aurait été gentil de faire
pour le colonel Papa le bon des journées de cinquante
heures. Oui, cinquante heures complètes. Walahé !
Ça se réveillait au chant du coq tous les matins sauf le
lendemain du soir où il avait trop bu du bon vin de

palme avant d'aller au lit. Mais à signaler que le colonel ne prenait pas de hasch, jamais, jamais. Il changeait de grigri et enfilait une soutane blanche sur le kalach. Et puis ça prenait la canne pontificale surmontée d'une croix, une croix ornée d'un chapelet. Ça commençait par inspecter les postes de garde. Les postes de garde tenus par des soldats-enfants à l'intérieur du camp retranché et les postes de garde tenus par les soldats à l'extérieur.

Ça entrait dans le temple et officiait. (Officier, c'est un gros mot, ça signifie célébrer un office religieux, c'est comme ça dans mon Larousse.) Il officiait avec des enfants de chœur qui étaient des soldats-enfants. Après il déjeunait, mais sans alcool. L'alcool n'était pas très bon pour le colonel Papa le bon le matin de bonne heure. Ça foutait sa journée totalement en l'air.

Après, toujours en soutane, le colonel Papa le bon distribuait aux femmes des soldats du grain pour la journée. Avec une balance romaine. Il discutait avec les femmes des soldats et parfois, dans une bouffée de rire, ça frappait sur les fesses des femmes si elles étaient très jolies. Ça c'était le programme obligatoire, le programme qu'il appliquait quoi qu'il arrive, même quand il était alité par le palu, même quand il avait bu du bon vin de palme. C'est après la distribution du grain aux femmes et aux cuisiniers des soldats-enfants que le programme pouvait changer selon la journée.

S'il y avait jugement, s'il y avait un procès, il restait dans le temple jusqu'à midi. Le temple servait de palais de justice parce que les accusés juraient sur Dieu et sur les fétiches. Les preuves étaient faites par ordalie. (Ordalie est un gros mot, ça signifie épreuve barbare, moyenâgeuse, de justice.) Le jugement avait lieu une fois par semaine. Très souvent le samedi.

S'il n'y avait pas jugement, aussitôt après la distribution de grains, le colonel Papa le bon se pointait à l'infirmerie. Le docteur, après les soins, avait groupé les malades, les éclopés et les foutus de toute sorte dans une salle commune. Le colonel Papa le bon prêchait, prêchait fort; il n'était pas rare de voir un malade jeter son bâton et s'écrier « je suis guéri » et marcher normalement. Walahé ! Le colonel Papa le bon était un prophète fortiche et compétent.

Après l'infirmerie, le colonel Papa le bon commandait l'instruction militaire des soldats-enfants et des soldats aussi. L'instruction militaire, c'était la même chose que l'instruction religieuse et l'instruction civique et ça c'était la même chose que les sermons. Si tu aimais bien Bon Dieu et Jésus-Christ, les balles ne te frappaient pas et tuaient les autres, parce que c'est Bon Dieu seul qui tue les méchants, les cons, les pécheurs et les damnés.

Tout ça pour un seul homme, c'était le colonel Papa le bon seul qui faisait tout ça seul. Walahé (au nom d'Allah) ! C'était trop.

Sans compter les cars que les guet-apens amenaient de temps en temps. Le colonel Papa le bon lui-même parfois pesait les bagages, discutait ferme avec les passagers et encaissait directement les taxes des douanes dans les poches de la soutane.

Sans compter les séances de désensorcellement. Sans compter les conciliabules… sans compter… sans compter les nombreux papiers que le colonel Papa le bon devait signer comme responsable suprême de NPFL pour tout l'est de la République de Liberia.

Sans compter les espions de toute sorte.

Le colonel Papa le bon méritait une journée de cinquante heures ! Faforo ! Une journée complète de cinquante heures.

Oui le colonel Papa le bon méritait de se soûler quelques soirs parmi les nombreux soirs pourris de la vie de chien de Zorzor. Mais il fumait pas du hasch. Le hasch, il le conservait pour les soldats-enfants, ça les rendait aussi forts que des vrais soldats. Walahé !

A mon arrivée, on m'a appris qui j'étais. J'étais un Mandingo, musulman, un ami des Yacous et des Gyos. Dans le pidgin des Américains noirs, malinké et mandingo c'est la même chose pareille kif-kif. J'étais bien, j'étais pas un Guéré, j'étais pas un Krahn. Les Guérés et les Krahns, le colonel Papa le bon ne les aimait pas beaucoup. Il les zigouillait.

A cause de Yacouba j'étais bien gâté, bien choyé. Je fus nommé capitaine, choisi par le colonel Papa le bon pour remplacer le malheureux Kid. Parce que j'étais le petit, le gosse du fabricant de fétiches et donc supposé être doté de la meilleure protection.

Le colonel me nomma capitaine et je fus chargé de rester au milieu de la route à la sortie d'un tournant pour demander aux camions de s'arrêter. J'étais le gosse des guet-apens. Je mangeais bien pour cela. Et parfois on me donnait du hasch en cadeau. La première fois que j'ai pris du hasch, j'ai dégueulé comme un chien malade. Puis c'est venu petit à petit et, rapidement, ça m'a donné la force d'un grand. Faforo (bangala du père) !

J'avais pour ami un enfant-soldat, un small-soldier appelé le commandant Jean Taï ou Tête brûlée. Tête brûlée avait fui de chez ULIMO (le mouvement uni pour la libération) avec des armes. Parce qu'il est venu avec des armes, on l'a nommé commandant. Là-bas, chez ULIMO, ça s'était fait passer pour un Krahn alors que c'était un Yacou pur sang. Il avait été bien accueilli chez les NPFL par le colonel Papa le bon parce qu'il était venu avec un kalach pris au ULIMO et n'était pas un Krahn.

Le commandant Tête brûlée était un type bien. Un type tout ce qu'il y a de bien. Walahé ! Ça mentait plus que ça respirait. C'était un fabulateur. (Fabulateur est un gros mot, ça signifie raconte des histoires montées de toutes pièces. Dans mon Larousse.) Le commandant Tête brûlée était un fabulateur. Il avait fait tout et tout. Et tout vu. Il avait vu ma tante, avait discuté avec elle. Ça m'a mis du baume dans le cœur. Il fallait aller là-bas le plus rapidement possible chez ULIMO.

Le petit fabulateur racontait beaucoup de choses sur le ULIMO. Il raconta un tas de bonnes choses sur ULIMO. Ça a donné envie à tout le monde de partir là-bas. Chez les ULIMO, c'était vraiment chouette, on était peinard là-bas. On mangeait comme cinq et il restait toujours du reste. On dormait toute la journée et à la fin du mois il y avait un salaire. Oui, il savait ce qu'il disait, un salaire ! Un salaire qui tombait complet chaque fin de mois et parfois même avant la fin. Parce que ULIMO avait beaucoup de dollars américains. Il avait beaucoup de dollars parce qu'il exploitait beaucoup de mines. (Exploiter, c'est tirer profit d'une chose, d'après mon Larousse.) ULIMO exploitait des mines d'or, de diamants et d'autres métaux précieux. Les soldats surveillaient les ouvriers qui travaillaient dans les mines et les soldats pouvaient eux aussi boulotter et se faire des dollars américains comme tout le monde. Les soldats-enfants étaient encore mieux. On avait des lits, des tenues de parachutistes neuves, des kalach neufs. Walahé !

Le commandant Tête brûlée regrettait d'avoir quitté ULIMO. Il était venu chez nous à NPFL parce que c'était un Yacou cent pour cent mais, là-bas, ça s'était fait passer pour un Krahn. Parce qu'il avait su que son père et sa mère s'étaient réfugiés à Zorzor. Il ne les avait pas trouvés. C'était faux. Il attendait la première occasion pour retourner chez les ULIMO. Oui, chez ULIMO, c'était chouette… C'était peinard.

Le colonel Papa le bon a eu vent des propos que tenait Tête brûlée. (Avoir vent de quelque chose, c'est être informé de la chose. Le Petit Robert.) Le colonel Papa le bon a eu vent des gros mensonges du commandant Tête brûlée. Il se fâcha, appela Tête brûlée et l'engueula comme un poisson pourri. Il le menaça, il allait le mettre en prison si ça continuait à bien parler de ULIMO, à parler de ULIMO comme d'un paradis terrestre.

Rien n'y a fait. Tête brûlée a continué à intoxiquer en douceur. (Intoxiquer, c'est un gros mot : c'est influencer à faire perdre tout sens critique, d'après mon Larousse.)

Il y avait une pension de jeunes filles que le colonel Papa le bon dans sa grande bonté avait fait construire. C'était pour les filles qui avaient perdu leurs parents pendant la guerre. Des filles de moins de sept ans. Des jeunes filles qui avaient pas à manger et qui avaient pas assez de seins pour prendre un mari ou pour être des soldats-enfants. C'était une œuvre de grande charité pour des filles de moins de sept ans. La pension était tenue par des religieuses qui enseignaient l'écriture, la lecture et la religion aux pensionnaires.

Les religieuses, ça portait des cornettes pour tromper le monde ; ça faisait l'amour comme toutes les femmes, ça le faisait avec le colonel Papa le bon. Parce que le colonel Papa le bon était le premier coq du poulailler et parce que c'était comme ça dans la vie de tous les jours.

Donc un matin, au bord de la piste menant à la rivière, une des filles fut trouvée violée et assassinée. Une petite de sept ans, violée et assassinée. Le spectacle était si désolant que le colonel Papa le bon en a pleuré à chaudes larmes. (Désolant signifie ce qui apporte de grandes douleurs. Mon Larousse.) Mais il fallait voir un ouya-ouya comme le colonel Papa le bon pleurer à chaudes larmes. Ça aussi c'était un spectacle qui valait le déplacement. (Ouya-ouya, c'est un désordre, un vagabond d'après Inventaire.)

La veillée funèbre fut organisée et animée par le colonel Papa le bon en personne avec la soutane, les galons, les grigris en dessous, le kalach et la canne pontificale. Le colonel Papa le bon a beaucoup dansé et moyennement bu. Parce que l'alcool n'est pas trop bon pour le colonel Papa le bon. A l'issue de la danse, il a tourné trois fois pour regarder quatre fois le ciel et ça a marché droit. Devant lui il y avait un soldat, il l'a pris par la main et le soldat s'est levé ; ça l'a tiré au milieu du cercle. Le soldat s'appelait Zemoko. Zemoko n'était pas innocent ; il était un responsable du décès de la jeune fille ou connaissait le responsable du décès. Le colonel Papa le bon a recommencé le même manège et puis a marché devant lui et a désigné un deuxième soldat. Celui-ci s'appelait Wourouda. Wourouda était un responsable du décès de la jeune fille ou connaissait le responsable du décès. Pour la troisième fois, il a recommencé le même manège, a marché droit et a fait sortir au milieu du cercle le commandant Tête brûlée. Tête brûlée était un responsable du décès ou il connaissait le responsable. Il y avait Tête brûlée et deux soldats qui étaient mêlés au décès. Ils furent arrêtés sur place malgré protestation de leur innocence. (Protester de son innocence, c'est donner l'assurance de son innocence, selon mon Larousse.)

Le lendemain, le tribunal a siégé pour juger les assassins de la jeune fille.

Le colonel Papa le bon était là dans sa soutane avec les galons. A portée de sa main il y avait la Bible et le Coran. Et puis il portait tout et tout. Le public était assis dans la nef comme pour une messe. Une messe œcuménique. Bien que ce ne fût pas une messe, la cérémonie commença par une prière. Le colonel Papa le bon demanda aux trois accusés de jurer sur les livres saints. Les accusés jurèrent.

Le colonel Papa le bon demanda :

« Zemoko, c'est toi qui as tué Fati ?

– Je jure sur la Bible que ce n'est pas moi, ce n'est pas moi.

– Wourouda, c'est toi qui as tué Fati ? »

Wourouda répondit que ce n'était pas lui.

La même question fut posée à Tête brûlée qui eut la même réponse négative.

Alors on passa à l'ordalie. Un couteau fut placé dans un réchaud aux charbons ardents. La lame du couteau devint incandescente. Les accusés ouvrirent la bouche, se tirèrent la langue. Le colonel Papa le bon avec la lame incandescente frotta la langue de Zemoko. Zemoko ferma sa bouche et regagna sa place dans la nef sans broncher. Sous l'applaudissement du public. Vint le tour de Wourouda. Wourouda sous l'applaudissement ferma sa bouche sans manifester la moindre gêne. Mais quand avec la lame le colonel Papa le bon se dirigea vers Tête brûlée, le commandant Tête brûlée recula et courut pour sortir de l'église. Un « ho ! » de surprise fusa de l'assistance. (D'après mon Larousse, fuser signifie jaillir, retentir.) Le commandant Tête brûlée fut vite attrapé et maîtrisé.

C'était lui le responsable, c'était lui qui avait tué la pauvre Fati. Tête brûlée reconnut les faits, il avait été pénétré, guidé par le diable.

Il fut condamné à des séances de désensorcellement. Des séances de désensorcellement de deux hivernages. Si son diable était trop fort, si les séances ne parvenaient pas à lui enlever le diable du corps, il serait exécuté. Publiquement exécuté. Au kalach. Autrement, il sera pardonné par le colonel Papa le bon. Parce que le colonel Papa le bon avec sa canne pontificale est la bonté elle-même. Mais… Mais il perdra son statut de soldat-enfant. Parce qu'un soldat-enfant qui a violé et assassiné n'est plus un puceau. Et quand on n'est pas un puceau on n'est plus un soldat-enfant chez le colonel Papa le bon. Voilà, c'est comme ça ; y a rien à redire. On devient un soldat. Un vrai soldat, un grand soldat.

Les soldats ne sont pas nourris, ne sont pas logés et ne touchent rien du tout comme salaire. Être un soldat-enfant, Walahé !, avait des avantages. On était un privilégié. Tête brûlée, s'il échappait à l'exécution, ne pourrait plus rester un soldat-enfant parce qu'il n'était plus un puceau. Gnamokodé (bâtardise) !

Faforo (bangala du père) ! Nous étions maintenant, nous étions à présent loin de Zorzor, loin de la forteresse du colonel Papa le bon. Le soleil avait bondi comme une sauterelle et commençait à monter doni-doni. (Doni-doni signifie petit à petit d'après l'Inventaire des particularités lexicales du français en Afrique noire.) Nous devions faire attention. Marcher à petits pas. A quelques mètres dans la forêt. Esquiver les soldats du NPFL. (Esquiver signifie éviter adroitement.) Les soldats pouvaient nous suivre. Nous avons profité du clair de lune pour aller loin, pour aller vite, pour prendre le large.

C'est hier soir vers minuit que nous avons pris notre pied la route pour quitter Zorzor. C'est vers onze heures que le colonel Papa le bon a été assassiné, a été abattu. Il est mort. Ça a rendu l'âme, malgré les fétiches. Pour dire la vérité, ça m'a fait un peu mal au cœur de voir le colonel Papa le bon mort. Je le croyais immortel. Parce que le colonel Papa le bon était bon pour moi. Et pour tout le monde. Et le colonel était un phénomène de la nature. (Phénomène, c'est une chose ou un être extraordinaire.)

Sa mort a donné le signal, a sonné le gong de la libération de tous les prisonniers. Les prisonniers pour le désensorcellement, les prisonniers pour l'amour. Le signal pour tous les départs, tous ceux qui voulaient partir. Les soldats et tous les soldats-enfants. Beaucoup de soldats-enfants n'avaient pas trouvé leurs parents chez NPFL et pensaient les rencontrer chez les ULIMO (le Mouvement uni pour la libération). Et puis chez ULIMO là-bas, on mangeait bien. A ULIMO, on mangeait du riz gras avec sauce graine. Et là-bas il y avait des salaires. Et ça tombait juste et bien comme !es mangues au mois d'avril. A faforo (cul de mon père) !

Ça n'a pas été facile. Nous avons eu à combattre les ouya-ouyas qui étaient restés fidèles à NPFL. Tous les couillons au carré qui trouvaient que c'était mieux chez le colonel Papa le bon. Nous avons fini par triompher. Alors là nous avons tout pillé, tout cassé et incendié. Et avons pris aussitôt après pied la route. Dare-dare, vite vite.

Nous étions tous chargés du produit du pillage. Certains avaient deux et même trois kalach. Les kalachnikov servent de gage de rupture avec ULIMO. (Gage signifie la preuve que nous avons mal, très mal quitté les gens de NPFL.) La preuve que nous voulons nous joindre définitivement aux gars de ULIMO. Nous avons tout pillé avant de mettre le feu.

Dès que le colonel Papa le bon a été abattu, des soldats ont crié dans la nuit : « Le colonel Papa le bon est mort... Papa le bon est mort. Le colonel a été tué... Tué ! » Ça a fait un branle-bas de tonnerre. (Branle-bas signifie grande agitation, grand désordre avant une action.) Les soldats ont commencé le pillage. Ils ont pillé l'argent ; ils ont pillé les soutanes ; ils ont pillé les grains ; ils ont surtout pillé le stock de haschisch... ils ont pillé tout et tout avant que les soldats restés fidèles tirent.

Walahé ! Commençons par le commencement.

Un jour, en déballant les bagages d'un passager, le colonel Papa le bon tomba sur de nombreuses bouteilles de whisky, du Johnny Walker, carton rouge, bien tapé. Et, au lieu de faire payer beaucoup de taxes de douane, le colonel Papa le bon a pris trois bouteilles pour lui. L'alcool n'était pas bon pour le colonel Papa le bon. Il le savait et ne se laissait aller à l'alcool que quelques soirs, quand il était très, très fatigué et que la tête était brouillée. Il buvait une fois au lit et le lendemain matin se réveillait un peu patraque, un peu tard. Mais ce n'était pas trop grave. Parce que le colonel ne fumait jamais du hasch : ça, c'était réservé aux soldats-enfants ; ça leur faisait du bien, ça les rendait aussi forts que des vrais soldats. Ce soir-là (le soir où il eut des bouteilles de whisky), le colonel Papa le bon était trop fatigué et n'attendit pas d'être au lit pour boire du whisky, trop de whisky. L'alcool rendait fou le colonel Papa le bon.

Sous l'emprise de l'alcool, le colonel Papa le bon se rendit dans la prison. (Emprise signifie influence.) Sous l'emprise, il se rendit seul, tout seul, dans la prison où il ne se rendait dans la journée qu'accompagné de deux soldats-enfants armés jusqu'aux dents.

Dans la prison, seul dans la nuit, il a ri aux éclats avec les prisonniers, a discuté avec les prisonniers et a beaucoup blagué avec Tête brûlée.

A un moment, la blague et la discussion ont tourné au vinaigre. (Tourner au vinaigre, c'est prendre une tournure fâcheuse.) Le colonel Papa le bon a hurlé comme il savait le faire, comme un fauve. Le colonel Papa le bon a titubé comme un dingue et a crié plusieurs fois : « Je vais vous tuer tous. Je vais vous tuer tous… » et il a ricané comme une hyène dans la nuit. « C'est comme ça… comme ça… je vais vous tuer. » Il a décroché son kalach sous la soutane et a tiré deux rafales en l'air. Les prisonniers dans un premier mouvement ont fui et sont allés se blottir dans les recoins. Toujours debout, toujours titubant, il a tiré encore deux autres rafales. Et puis un moment il est resté tranquille, il somnolait. Un prisonnier dans la pénombre a doucement contourné le colonel Papa le bon et, par-derrière, il s'est jeté dans ses jambes et l'a renversé. Le kalach lui a échappé et est tombé loin, très loin devant lui. Tête brûlée s'est saisi de l'arme et, comme il est dingue le petit-là, il a tiré sur le colonel Papa le bon couché à même le sol. Il a vidé tout le chargeur de l'arme.

Faforo ! Les balles ont traversé le colonel Papa le bon malgré les fétiches de Yacouba. Yacouba a expliqué : le colonel avait transgressé des interdits attachés aux fétiches. D'abord, on fait pas l'amour avec un grigri. Secundo, après avoir fait l'amour, on se lave avant de nouer des grigris. Alors que le colonel Papa le bon faisait l'amour en pagaille et dans tous les sens sans avoir le temps de se laver. Et puis il y avait une autre raison. Le colonel n'avait pas fait le sacrifice de deux bœufs écrit dans son destin. S'il avait fait le sacrifice de deux bœufs, il ne se serait jamais aventuré seul dans la prison. Le sacrifice de deux bœufs aurait empêché la circonstance. Faforo ! (Circonstance signifie un des faits particuliers d'un événement.)

Dès que le colonel Papa le bon est mort, mais mal mort, un prisonnier a tourné le corps du colonel Papa le bon et s'est saisi de la clé de l'arsenal. Le colonel Papa le bon ne se séparait jamais de la clé de l'arsenal. Pour les prisonniers et des soldats qui voulaient partir chez ULIMO, c'était le signal de la libération. Mais d'autres ne voulaient pas partir, ils restaient fidèles à NPFL et au colonel Papa le bon. Un combat s'engagea entre les deux factions. Ceux qui voulaient partir ont pu foutre le camp.

Nous, Yacouba et moi, on voulait aller chez ULIMO parce que c'est chez ULIMO que se trouvait Niangbo, et à Niangbo résidait la tante. La tante avait pu entrer en contact avec Yacouba pour dire qu'elle était là-bas et le commandant Tête brûlée avait bien vu la tante là-bas. Il est vrai que le commandant Tête brûlée était un fabulateur et il ne faut pas se fier aux paroles d'un fabulateur.

Nous suivions Tête brûlée, c'est lui qui connaissait le poste le plus proche de l'ULIMO. Nous étions trente-sept, seize enfants-soldats, vingt soldats et Yacouba. Nous étions tous chargés d'armes et de munitions. Très peu de nourriture. Tête brûlée nous avait fait croire que ULIMO était tout près au premier tournant. C'était pas vrai. Le petit était un fabulateur. Il fallait au moins deux à trois jours pour toucher le poste le plus proche de ULIMO. Et les autres étaient à nos trousses. (Être aux trousses de quelqu'un, c'est le poursuivre.) Heureusement, il y avait plusieurs voies pour aller à l'ULIMO et ça ne savait pas quel chemin nous avions suivi au début. Nous étions de différentes ethnies et nous savions que chez ULIMO il fallait être krahn ou guéré. Il n'y a que les Krahns et les Guérés qui étaient acceptés par ULIMO. Chacun a pris un nom krahn. Moi je n'ai pas eu à changer, j'étais malinké, mandingo comme on le dit en américain noir du Liberia. Les Malinkés ou Mandingos sont bien reçus partout parce qu'ils sont tous des combinards fieffés. Ils sont de tous les camps, ils bouffent à toutes les sauces.

Le chemin était long et nous avions beaucoup de munitions et trop d'armes, nous ne pouvions pas tout emporter. Nous avons abandonné des kalach et des munitions.

Avec le hasch, nous avions encore et encore faim. Le hasch ne coupe pas la faim. Nous avons commencé à manger des fruits, puis ç'a été des racines, puis des feuilles. Malgré ça, Yacouba a dit que Allah dans son immense bonté ne laisse jamais vide une bouche qu'il a créée.

Il y avait parmi les soldats-enfants une fille-soldat, ça s'appelait Sarah. Sarah était unique et belle comme quatre et fumait du hasch et croquait de l'herbe comme dix. Elle était en cachette la petite amie de Tête brûlée à Zorzor depuis longtemps. Et c'est pourquoi elle était du voyage. Depuis la sortie de Zorzor, ils (elle et Tête brûlée) ne cessaient de s'arrêter pour s'embrasser. Et chaque fois elle en profitait pour fumer du hasch et croquer de l'herbe. Nous avions du hasch et de l'herbe à profusion. (A profusion signifie en grande quantité.) A profusion parce que nous avions vidé le stock de Papa le bon. Et elle fumait et croquait sans discontinuer. (Sans discontinuer signifie sans s'arrêter d'après mon Larousse.) Elle était devenue complètement dingue. Elle tripotait dans son gnoussou-gnoussou devant tout le monde. Et demandait devant tout le monde à Tête brûlée de venir lui faire l'amour publiquement. Et Tête brûlée refusait tellement on était pressé et avait faim. Elle a voulu se reposer, s'adosser à un tronc pour se reposer. Tête brûlée aimait beaucoup Sarah. Il ne pouvait pas l'abandonner comme ça. Mais nous étions suivis. On pouvait pas attendre. Tête brûlée a voulu la relever, l'obliger à nous suivre. Elle a vidé son chargeur sur Tête brûlée. Heureusement elle était dingue et ne voyait plus rien. Les balles sont parties en l'air. Tête brûlée, dans un instant de colère, a répliqué. Il lui a envoyé une rafale dans les jambes et l'a désarmée. Elle a hurlé comme un veau, comme un cochon qu'on égorge. Et Tête brûlée est devenu malheureux, très malheureux.

Nous devions la laisser seule, nous devions l'abandonner seule à son triste sort. Et à ça Tête brûlée ne pouvait pas se résoudre. Elle gueulait le nom de sa maman, le nom de Dieu, de tout et tout. Tête brûlée s'est approché d'elle, l'a embrassée et s'est mis à pleurer. Nous les avons laissés en train de s'embrasser, en train de se tordre, de pleurer, et nous avons continué pied la route. Nous n'avons pas fait long lorsque nous avons vu Tête brûlée arriver seul toujours en pleurs. Il l'avait laissée seule à côté du tronc, seule dans son sang, avec ses blessures. La garce (fille désagréable, méchante), elle ne pouvait plus marcher. Les fourmis magnans, les vautours allaient en faire un festin. (Festin signifie repas somptueux.)

D'après mon Larousse, l'oraison funèbre c'est le discours en l'honneur d'un personnage célèbre décédé. L'enfant-soldat est le personnage le plus célèbre de cette fin du vingtième siècle. Quand un soldat-enfant meurt, on doit donc dire son oraison funèbre, c'est-à-dire comment il a pu dans ce grand et foutu monde devenir un enfant-soldat. Je le fais quand je le veux, je ne suis pas obligé. Je le fais pour Sarah parce que cela me plaît, j'en ai le temps et c'est marrant.

Le père de Sarah s'appelait Bouaké ; il était marin. Il voyageait et voyageait, ne faisait que ça et on se demande comment il a pu avoir le temps de fabriquer Sarah dans le ventre de sa mère. Sa mère, elle vendait du poisson pourri sur le grand marché de Monrovia et, de temps en temps, s'occupait de sa fille. Sarah avait cinq ans lorsque sa mère fut fauchée et tuée par un automobiliste soûl. Son père, ne sachant que faire d'une fille, la confia à une cousine du village qui la plaça chez Madame Kokui. Madame Kokui était commerçante et mère de cinq enfants. Elle fit de Sarah une bonne et une vendeuse de bananes. Chaque matin, après la vaisselle et la lessive, elle allait vendre des bananes dans les rues de Monrovia et rentrait à six heures pile pour mettre la marmite au feu et laver le bébé. Madame Kokui était sévère et très pointilleuse sur les comptes et stricte sur l'heure de retour. (Pointilleuse et stricte signifient tous les deux exigeante.)

Un matin, un petit voyou, un enfant de la rue, faucha une main de bananes et s'enfuit à toutes jambes. Sarah courut après le petit voyou sans l'attraper. Quand, à la maison, elle raconta ce qui lui était arrivé, Madame Kokui ne fut pas contente, alors là pas du tout. Elle gueula et accusa Sarah d'avoir bien vendu les bananes, d'avoir acheté des friandises avec le pognon. Sarah eut beau dire que c'était le petit voyou, Madame Kokui ne décoléra pas et ne voulut rien entendre. Elle la chicota fort, l'enferma et la priva de souper. Elle menaça : « La prochaine fois, je te frapperai plus fort et t'enfermerai pendant un jour sans repas. »

La prochaine fois eut lieu le lendemain. Sarah, comme tous les matins, sortit avec sa charge de bananes. Le même petit voyou vint avec une bande de copains, piqua une main de bananes et s'enfuit. Sarah se lança à sa poursuite. C'est ce qu'attendaient ses petits copains aussi voyous que lui. Quand Sarah s'éloigna ils firent main basse sur toutes les bananes. (Faire main basse, c'est piller, s'emparer, d'après mon Larousse.)

Sarah était malheureuse. Elle pleura toute la journée mais, quand elle vit le soleil décliner et que c'était bientôt l'heure de laver le bébé, elle prit la décision de mendier. De mendier pour faire de l'argent pour faire le compte de Madame Kokui. Mais malheureusement les automobilistes ne furent pas très généreux et elle n'eut pas suffisamment d'argent pour faire le compte de Madame Kokui. La nuit, elle eut une place parmi les ballots d'une véranda de la boutique de Farah.

Le lendemain, elle recommença à mendier et ce n'est que le surlendemain qu'elle parvint à faire le compte de Madame Kokui. C'était trop tard, elle avait fait deux nuits dehors, elle ne pouvait plus rentrer à la maison, Madame Kokui la tuerait, certainement la tuerait. Elle continua à mendier et commençait à s'habituer à la situation, à se trouver mieux que chez Madame Kokui. Même à avoir un lieu où faire sa toilette, un autre pour cacher ses économies, le lieu pour dormir restant la véranda de la boutique de Farah au milieu des ballots de bagages.

Ce lieu avait été remarqué par un monsieur qui vint un jour la trouver là. Il se présenta, gentil et compatissant. (Compatissant, c'est-à-dire faisant semblant de prendre part aux maux de Sarah.) Il offrit des bonbons, d'autres friandises à Sarah. Sarah le suivit de bonne foi vers les halles, loin de toute habitation. Là, il déclara à Sarah qu'il allait lui faire l'amour en douceur sans lui faire du mal. Sarah eut peur, se mit à courir et à crier. Le monsieur plus rapide et plus fort attrapa Sarah, la renversa, la maîtrisa au sol et la viola. Il alla si fort que Sarah fut laissée comme morte.

On l'amena à l'hôpital où elle se réveilla et on lui demanda qui étaient ses parents. Elle parla de son père, mais pas de Madame Kokui. On chercha son père mais ne le trouva pas. Il était en voyage ; toujours en voyage. On envoya Sarah chez les sœurs dans un orphelinat de la banlieue ouest de Monrovia. Elle était là quand éclata la guerre tribale du Liberia. Cinq sœurs de cet orphelinat furent massacrées, les autres purent foutre le camp dare-dare sans demander leur reste. Sarah et quatre de ses camarades se prostituèrent avant d'entrer dans les soldats-enfants pour ne pas crever de faim.

Voilà Sarah que nous avons laissée aux fourmis magnans et aux vautours. (Les magnans, d'après Inventaire des particularités, sont des fourmis noires très, très voraces.) Elles allaient en faire un festin somptueux. Gnamokodé (bâtardise) !

Tous les villages que nous avons eu à traverser étaient abandonnés, complètement abandonnés. C'est comme ça dans les guerres tribales : les gens abandonnent les villages où vivent les hommes pour se réfugier dans la forêt où vivent les bêtes sauvages. Les bêtes sauvages, ça vit mieux que les hommes. A faforo !

A l'entrée d'un village abandonné, nous avons aperçu deux mecs qui ont immédiatement filé comme des filous et ont disparu. Nous les avons pris tout de suite en chasse. Parce que c'est la guerre tribale qui veut ça. Quand on voit quelqu'un et qu'il fuit, ça signifie c'est quelqu'un qui te veut du mal. Il faut l'attraper. Nous nous sommes lancés à leur poursuite en tirant. Ils avaient bien disparu dans la forêt. Nous avons tiré intensément et longtemps. Ça a fait un boucan de tonnerre, on aurait cru que c'étaient les guerres samoriennes qui étaient revenues. (Samory était un chef malinké qui s'est opposé aux conquêtes françaises pendant la pénétration française et dont les sofas – soldats – tiraient beaucoup.) Walahé (au nom d'Allah) !

Il y avait parmi les soldats-enfants un gosse qui était unique et que tout le monde appelait capitaine Kik le malin. Capitaine Kik le malin était un drôle de gosse. Pendant que nous attendions du côté de la route, le capitaine Kik le malin rapidement s'enfonça dans la forêt, tourna à gauche et voulut couper la route du village aux fugitifs. C'était malin. Mais, brusquement, nous avons entendu une explosion, suivie d'un cri de Kik. Nous avons tous accouru. Kik avait sauté sur une mine. Le spectacle était désolant. Kik hurlait comme un veau, comme un cochon qu'on égorge. Il appelait sa maman, son père, tout et tout. Sa jambe droite était effilochée. Ça tenait à un fil. C'était malheureux à voir. Il suait à grosses gouttes et il chialait : « Je vais crever ! Je vais crever comme une mouche. » Un gosse comme ça, rendre l'âme comme ça, c'était pas beau à voir. Nous avons fabriqué un brancard de fortune.

Kik fut transporté sur le brancard de fortune jusqu'au village. Il y avait aussi parmi les soldats un ancien infirmier. L'infirmier pensa qu'il fallait tout de suite amputer Kik. Au village on le coucha dans une case. Trois gaillards ne suffirent pas pour tenir Kik. Il hurlait, se débattait, criait le nom de sa maman et, malgré tout, on coupa sa jambe juste au genou. Juste au genou. On jeta la jambe à un chien qui passait par là. On adossa Kik au mur d'une case.

Et on commença à fouiller les cases du village. Une à une. Bien à fond. Les habitants avaient fui en entendant les rafales nourries que nous avions tirées. Nous avions faim, il nous fallait à manger. Nous avons trouvé des poulets. Nous les avons pourchassés, attrapés, leur avons tordu le cou et puis nous les avons braisés. Des cabris se promenaient. Nous les avons abattus et braisés aussi. Nous prenions tout ce qui était bon à grignoter. Allah ne laisse jamais vide une bouche qu'il a créée.

Nous fouillions dans les coins et les recoins. Alors que nous croyions qu'il n'y avait personne, absolument personne, à notre surprise nous avons découvert sous des branchages deux enfants mignons que leur mère n'avait pas pu emmener avec elle dans sa fuite éperdue.

(Violente et extrême d'après mon Larousse.) Elle les avait largués et les enfants s'étaient cachés sous des branchages dans un enclos.

Il y avait parmi les soldats-enfants une fille unique appelée Fati. Fati était comme toutes les filles-soldats, méchante, trop méchante. Fati, comme toutes les filles-soldats, abusait du hasch et était tout le temps dans les vapeurs. Fati a tiré les deux enfants de leur trou sous les branchages. Elle leur a demandé de montrer où les villageois cachaient leur nourriture. Les enfants ne comprenaient rien, rien du tout. Ils étaient trop jeunes. Ils avaient six ans : c'étaient des jumeaux. Ils avaient peur. Ils ne pouvaient rien comprendre à rien. Fati a voulu les effrayer. Elle a voulu tirer en l'air mais, comme elle était dans les vapeurs, elle les a bien mitraillés avec son kalachnikov. L'un était mort, l'autre était blessé. On lui a arraché l'arme. Fati s'est effondrée dans les larmes. On ne fait pas du mal à des jumeaux, à des jeunes jumeaux. Les gnamas des jumeaux, surtout des jeunes jumeaux, sont terribles. Ces gnamas ne pardonnent jamais. (Les gnamas sont des âmes, les ombres vengeresses des morts.) C'était malheureux, très malheureux. Voilà Fati poursuivie par des gnamas, des gnamas de jeunes jumeaux dans le Liberia foutu de la guerre tribale. Elle était foutue ; elle allait mourir de la malemort.

Yacouba a dit à Fati que ses grigris ne la protégeaient plus à cause des gnamas des jeunes jumeaux.

Fati a pleuré, pleuré à chaudes larmes, pleuré comme un gosse pourri ; elle voulait avoir des grigris valables. Malgré ses pleurs, Fati était foutue ; elle était sans grigri. Voilà.

Après la bêtise du meurtre de deux enfants innocents,

nous ne pouvions plus rester dans le village. Il nous fallait partir vite, partir gnona-gnona. (Ce qui signifie, d'après Inventaire, dare-dare.) Nous avons adossé Kik au mur d'une case et nous avons pris notre pied la route vite.

Nous avons laissé Kik aux humains du village alors que Sarah avait été abandonnée aux animaux sauvages, aux insectes. Qui des deux avait le sort le plus enviable ? Certainement pas Kik. C'est la guerre civile qui veut ça. Les animaux traitent mieux les blessés que les hommes.

Bon ! Comme Kik devait mourir, était déjà mort, il fallait faire son oraison funèbre. Je veux bien la dire parce que Kik était un garçon sympa et que son parcours n'a pas été long. (Parcours, c'est le trajet suivi par un petit toute sa courte vie sur terre, d'après mon Larousse.)

Dans le village de Kik, la guerre tribale est arrivée vers dix heures du matin. Les enfants étaient à l'école et les parents à la maison. Kik était à l'école et ses parents à la maison. Dès les premières rafales, les enfants gagnèrent la forêt. Kik gagna la forêt. Et, tant qu'il y eut du bruit dans le village, les enfants restèrent dans la forêt. Kik resta dans la forêt. C'est seulement le lendemain matin, quand il n'y eut plus de bruit, que les enfants s'aventurèrent vers leur concession familiale. Kik regagna la concession familiale et trouva son père égorgé, son frère égorgé, sa mère et sa sœur violées et les têtes fracassées. Tous ses parents proches et éloignés morts. Et quand on n'a plus personne sur terre, ni père ni mère ni frère ni sœur, et qu'on est petit, un petit mignon dans un pays foutu et barbare où tout le monde s'égorge, que fait-on ?

Bien sûr on devient un enfant-soldat, un small-soldier, un child-soldier pour manger et pour égorger aussi à son tour ; il n'y a que ça qui reste.

De fil en aiguille (de fil en aiguille signifie, d'après le Petit Robert, en passant progressivement d'une idée, d'une parole, d'un acte à l'autre), Kik est devenu un soldat-enfant. Le soldat-enfant était malin. Le malin small-soldier a pris un raccourci. En prenant le raccourci, il a sauté sur une mine. Nous l'avons transporté sur un brancard de fortune. Nous l'avons adossé mourant à un mur. Là nous l'avons abandonné. Nous l'avons abandonné mourant dans un après-midi, dans un foutu village, à la vindicte des villageois. (A la vindicte signifie dénoncer quelqu'un comme le coupable devant la populace.) A la vindicte populaire parce que c'est comme ça Allah a voulu que le pauvre garçon termine sur terre. Et Allah n'est pas obligé, n'a pas besoin d'être juste dans toutes ses choses, dans toutes ses créations, dans tous ses actes ici-bas.

Moi non plus, je ne suis pas obligé de parler, de raconter ma chienne de vie, de fouiller dictionnaire sur dictionnaire. J'en ai marre ; je m'arrête ici pour aujourd'hui. Qu'on aille se faire foutre !

Walahé (au nom d'Allah) ! A faforo (cul de mon père) ! Gnamokodé (bâtard de bâtardise) !

III

ULIMO (United Liberian Movement) ou Mouvement de l'unité libérienne, c'est la bande des loyalistes, les héritiers du bandit de grand chemin, le président-dictateur Samuel Doe qui fut dépecé. Il fut dépecé un après-midi brumeux dans Monrovia la terrible, capitale de la République de Liberia indépendante depuis 1860. Walahé (au nom d'Allah)!

Le dictateur Doe est parti du grade de sergent dans l'armée libérienne. Lui, sergent Doe, et certains de ses camarades ont eu marre de l'arrogance et du mépris des nègres noirs afro-américains appelés Congos à l'égard des natives du Liberia. Les natives, c'est les nègres noirs africains indigènes du pays. Ils sont à distinguer des nègres noirs afro-américains, les descendants des esclaves libérés. Ces descendants des esclaves appelés aussi Congos se comportaient en colons dans la société libérienne. C'est comme ça mon dictionnaire Harrap's définit natives et afro-américains. Samuel Doe et certains de ses camarades ont eu marre de l'injustice qui frappait les natives du Liberia dans le Liberia indépendant. C'est pour ces raisons que les natives se révoltèrent et deux natives montèrent un complot de natives contre les Afro-Américains colonialistes et arrogants.

Les deux natives, les deux nègres noirs africains indigènes qui montèrent ce complot s'appelaient Samuel Doe, un Krahn, et Thomas Quionkpa, un Gyo. Les Krahns et les Gyos sont les deux principales tribus nègres noires africaines du Liberia. C'est pourquoi on dit que c'était tout le Liberia indépendant qui s'était révolté contre ses Afro-Américains colonialistes et arrogants colons.

Heureusement pour eux (les révoltés), ou par sacrifices exaucés pour eux, le complot a pleinement réussi. (Sacrifices exaucés signifie, d'après Inventaire, les nègres noirs africains font plein de sacrifices sanglants pour avoir la chance. C'est quand leurs sacrifices sont exaucés qu'ils ont la chance.) Après la réussite du complot, les deux révoltés allèrent avec leurs partisans tirer du lit, au petit matin, tous les notables, tous les sénateurs afro-américains. Ils les amenèrent sur la plage. Sur la plage, les mirent en caleçon, les attachèrent à des poteaux. Au lever du jour, devant la presse internationale, les fusillèrent comme des lapins. Puis les comploteurs retournèrent dans la ville. Dans la ville, ils massacrèrent les femmes et les enfants des fusillés et firent une grande fête avec plein de boucan, plein de fantasia, avec plein de soûlerie, etc.

Après, les deux chefs comploteurs s'embrassèrent sur les lèvres, comme des gens corrects, se félicitèrent mutuellement. Le sergent Samuel Doe nomma au grade de général le sergent Thomas Quionkpa et le sergent Thomas Quionkpa nomma au grade de général le sergent Samuel Doe. Et comme il fallait un seul chef, un seul et unique chef d'État, Samuel Doe se proclama président et chef incontesté et incontestable de la République unitaire et démocratique du Liberia indépendant depuis 1860.

Ça tombait bien, tombait bien comme du sel dans la soupe, il y avait justement un sommet des chefs d'État de la Communauté des États de l'Afrique de l'Ouest, CDEAO. Le Liberia fait partie intégrante de la CDEAO. Samuel Doe, avec le grade de général et le titre de chef dans sa tenue parachutiste, le revolver à la ceinture, sauta dans un avion. Dans l'avion comme chef d'État pour assister comme tous les chefs d'État au sommet de la CDEAO. Ça avait lieu à Lomé. A Lomé, les choses se gâtèrent. Lorsqu'il arriva armé jusqu'aux dents, les chefs d'État CDEAO s'effrayèrent. Ils le considérèrent comme un fou et ne l'acceptèrent pas au sommet. Au contraire, ils l'enfermèrent dans un hôtel. Pendant tout le sommet, avec interdiction absolue de mettre le nez dehors et de boire de l'alcool. C'est après le sommet qu'ils l'expédièrent par son avion à Monrovia, dans sa capitale. Comme un ouya-ouya. (Ouya-ouaya signifie un va-nu-pieds, un teigneux, d'après Inventaire des particularités du français en Afrique noire.)

Dans sa capitale Monrovia, Samuel Doe régna peinard pendant cinq pleins hivernages. Partout il allait en tenue de parachutiste et le revolver à la ceinture, comme un vrai révolutionnaire. Mais un jour il pensa à Thomas Quionkpa... pensa à Thomas Quionkpa et, du coup, il se renfrogna, se trouva mal à l'aise dans sa tenue de parachutiste. Il ne faut pas oublier que Samuel Doe avait réussi le coup avec Thomas Quionkpa et Thomas Quionkpa était toujours là. Même les voleurs de poulets de basse-cour le savent et se le disent : quand on réussit un coup mirifique avec un second, on ne jouit pleinement du fruit de la rapine qu'après avoir éliminé ce second. Après cinq ans de règne, l'existence de Thomas Quionkpa continuait à poser des problèmes au moral, au parler, aux comportements du général Samuel Doe.

Pour résoudre ces problèmes, Samuel Doe inventa un stratagème garanti. (Stratagème signifie ruse, d'après mon dictionnaire le Petit Robert.) C'était simple ; il suffisait d'y penser. C'était le coup de la démocratie. La démocratie, la voix populaire, la volonté du peuple souverain. Et tout et tout...

Un samedi matin, Samuel Doe décréta une fête. Il convoqua tous les officiers supérieurs de l'armée libérienne, tous les directeurs de l'administration, les chefs de canton de toute la république, tous les chefs religieux. Devant tout cet aréopage (aréopage signifie réunion de gens savants), il tint ce langage :

« J'ai été obligé de prendre le pouvoir par les armes parce qu'il y avait trop d'injustice dans ce pays. Maintenant que l'égalité existe pour tout le monde et que la justice est revenue, l'armée va cesser de commander le pays. L'armée remet la gestion du pays aux civils, au peuple souverain. Et pour commencer, moi, solennellement, je renonce à mon statut de militaire, je renonce à ma tenue de militaire, à mon revolver. Je deviens un civil. »

Il se débarrassa de son revolver, de sa tenue de parachutiste, du béret rouge, de la chemise avec les galons, du pantalon, des chaussures et des chaussettes. Il se déshabilla jusqu'au caleçon. Puis il claqua des doigts et l'on vit arriver son ordonnance. Il lui apportait un complet trois pièces, une chemise, une cravate, des chaussettes, des souliers et un chapeau mou. Et, sous les applaudissements de toute l'assistance, il se mit en civil. Il devint un civil comme le dernier ouya-ouya du coin.

A partir de là, les choses allèrent très vite. En trois

semaines, il se fit rédiger une constitution à sa mesure. Pendant deux mois, il passa dans tous les comtés pour expliquer qu'elle était bonne. Et la constitution fut un dimanche matin votée à 99,99 % des votants. A 99,99 % parce que 100 % ça faisait pas très sérieux. Ça faisait ouya-ouya.

Avec la nouvelle constitution, le pays avait besoin d'un président civil. Pendant six semaines, il alla dans tous les comtés pour dire qu'il était devenu civil dans la parole et dans le cœur. Et, un autre dimanche matin, on vota pour lui à 99,99 % des votants en présence des observateurs internationaux. A 99,99 % parce que 100 % ça faisait ouya-ouya ; ça faisait jaser. (Jaser c'est bavarder sans cesse pour le plaisir de dire des médisances, d'après Larousse.)

Le voilà bon président bon teint respectable et respecté. Le premier acte concret qu'il plaça fut tout de suite en tant que président de limoger le général Thomas Quionkpa comme un malpropre. (Limoger signifie priver un officier de son emploi. Limoger comme un malpropre comme quelqu'un qui voulait monter un complot.) Mais là, les choses se gâtèrent. Thomas Quionkpa ne se laissa pas faire. Pas du tout !

Avec des officiers, des cadres gyos comme lui, Thomas Quionkpa monta effectivement un vrai complot. Et il manqua de peu, d'un cheveu, que le complot réussisse. Il manqua de peu, d'un cheveu, que Samuel Doe fût assassiné. Alors là, Samuel Doe a réagi mal. Il avait des preuves, une occasion qu'il cherchait depuis longtemps. Il tortura affreusement Thomas Quionkpa avant de le fusiller. Sa garde prétorienne se répandit dans la ville et assassina presque tous les cadres gyos de la République de Liberia. Leurs femmes et leurs enfants.

Voilà Samuel Doe heureux et triomphant, le seul chef, entouré des seuls cadres de son ethnie krahn. La République de Liberia devint un État krahn totalement krahn. Cela ne dura guère. Car, heureusement, une trentaine de cadres gyos avaient échappé à leurs assassins. Ils s'étaient enfuis en Côte-d'Ivoire et, là, avaient pleuré auprès du dictateur du pays, Houphouët-Boigny. Houphouët-Boigny les avait consolés et les avait envoyés au dictateur de Libye le seigneur Kadhafi qui a toujours un camp pour former des terroristes. Kadhafi forma la trentaine de cadres gyos au maniement des armes et au terrorisme pendant deux années entières. Puis il les renvoya en Côte-d'Ivoire. En Côte-d'Ivoire, les cadres bien formés se cachèrent dans les villages de la frontière de la Côte-d'Ivoire et du Liberia. Ils se firent discrets jusqu'à cette date fatidique (fatidique signifie marqué par le destin) du 24 décembre 1989, Noël 1989. A Noël 1989, dans la nuit, ils attendirent que tous les gardes-frontière du poste de Boutoro (ville frontalière) soient ivres morts, tous cuits, pour les attaquer. Ils maîtrisèrent rapidement le poste frontière de Boutoro, massacrèrent tous les gardes-frontière et récupérèrent les armes. Tous les gardes-frontière tués, ils se firent passer pour des gardes-frontière, prirent le téléphone et appelèrent l'état-major de Monrovia. Ils annoncèrent à l'état-major que les gardes-frontière avaient repoussé une attaque, qu'ils demandaient du renfort. L'état-major dépêcha du renfort. Les soldats du renfort tombèrent dans un guet-apens, ils furent tous massacrés, tous tués, tous émasculés et leurs armes récupérées. Les cadres gyos, les mutins avaient des armes, beaucoup d'armes. C'est pourquoi on dit, les historiens disent que la guerre tribale arriva au Liberia ce soir de Noël 1989. La guerre commença ce 24 décembre 1989, exactement dix ans avant, jour pour jour, le coup d'État militaire du pays voisin, la Côte-d'Ivoire. Depuis cette date, les ennuis pour Samuel Doe allèrent crescendo jusqu'à sa mort. (Crescendo signifie d'une façon progressive.) Crescendo jusqu'à sa mort par coupure en tranches. Nous en parlerons un peu plus tard. Pour le moment, je n'ai pas le temps. Gnamokodé (bâtard de bâtardise) !

Les étrangers n'étaient pas bienvenus chez les ULIMO. C'est la guerre tribale qui veut ça. Dès que nous sommes arrivés, nous avons raconté la petite histoire que nous avions préparée sur Samuel Doe. Sur son patriotisme, sa générosité. Sur le grand bien qu'il a fait au Liberia entier. Sur son sacrifice pour la patrie. Etc. Ils ont bien écouté ce discours, religieusement et longtemps. Après, ils nous ont demandé nos armes. Nous avons remis nos armes en toute confiance. Ils ont apporté un Coran, une Bible et des fétiches. Ils nous ont fait jurer sur les livres saints et sur les fétiches. Nous avons juré solennellement que nous n'étions pas des voleurs, qu'aucun de nous n'était voleur. Parce que les voleurs ils en avaient trop, ils n'en voulaient plus, ils en avaient marre. Et puis ils nous ont enfermés dans des prisons. Cric-crac.

Dans les prisons de ULIMO, la nourriture était trop dégueulasse et trop, trop insuffisante. (Dégueulasse signifie dégoûtant.) Yacouba a été le premier à se plaindre de la mauvaise condition. Il a gueulé fort : « Je suis un grigriman, un grigriman fortiche dans la protection contre les balles sifflantes. » Ils ne l'ont pas entendu. Il a gueulé plus fort encore : « Enlevez-moi

d'ici. Sinon je vais vous féticher. Vous féticher tous. »
Alors ils sont venus le chercher et il a dit qu'il n'allait
pas sans moi ; il a demandé que j'aille avec lui.

Ils nous ont envoyés dans l'état-major du général
Baclay, d'Onika Baclay Doe. Le général Baclay était
une femme. (On devrait dire générale au féminin. Mais,
d'après mon Larousse, « générale » est réservé à la
femme d'un général et jamais au général lui-même.)
Donc ils nous ont présentés à Onika Baclay Doe. Le
général Baclay était contente d'avoir Yacouba. Elle
avait déjà un grigriman féticheur. Mais c'était pas
un grigriman musulman. A certains faits, elle commençait à douter de la science et des pratiques de son grigriman féticheur. Avec Yacouba, elle en aura deux et ce
sera tant mieux.

Moi j'ai été envoyé chez les enfants-soldats. On m'a
montré mon kalach. Nous étions cinq pour une arme et
celui qu'on m'a présenté était plus neuf que ce que
j'avais eu chez NPFL.

Les enfants-soldats étaient bien traités chez les
ULIMO. On mangeait bien et on pouvait avoir de l'argent, du dollar, en faisant le garde du corps des orpailleurs. J'ai voulu faire des économies. Je n'ai pas voulu
foutre dans la drogue tout ce que je gagnais comme le
faisaient les autres enfants-soldats. Avec mes économies, j'ai acheté de l'or et cet or je le conservais dans
un fétiche que j'avais sur moi. Je voulais apporter
quelque chose à ma tante le jour que je la rencontrerais.
Faforo (sexe de mon père) !

Le général Baclay, c'était aussi un drôle de numéro
matricule. Mais une drôle de femme, très juste à sa
façon. Elle fusillait de la même manière femme et
homme, tous les voleurs, que ça ait volé une aiguille ou

un bœuf. Un voleur c'est un voleur et ça les fusillait tous. C'était équitable.

Sanniquellie, la capitale du général, était le repaire des voleurs. Tous les voleurs de la République de Liberia s'étaient donné rendez-vous à Sanniquellie. Les enfants-soldats en savaient quelque chose. Eux qui dormaient très souvent sous l'effet de la drogue, ils se réveillaient très souvent nus, totalement nus. Les voleurs leur avaient tout pris, même leurs caleçons. On les trouvait nus près de leur kalach.

Les voleurs pris en flagrant délit (flagrant délit, c'est le délit commis sous les yeux de ceux qui le constatent) dans la semaine sont arrêtés et enchaînés dans une prison. Ils peuvent avoir faim comme veut la loi de la nature humaine. Rien à faire, les prévenus n'avaient pas droit à la nourriture dans les prisons de Baclay.

Le samedi vers neuf heures, ces prévenus sont amenés enchaînés sur la place du marché où toute la population se trouve réunie. Le jugement a lieu sur place et devant tout le monde. Ça consiste à demander au prévenu s'il a oui ou non volé. S'il répond oui, il est condamné à mort. S'il répond non, il est confondu par les témoins et il est également condamné à mort. (Confondre signifie réduire quelqu'un au silence en prouvant qu'il a commis la faute.) C'était donc kif-kif pareil, la même chose. Le prévenu était toujours condamné à mort. Et les condamnés passent illico presto sur l'aire de l'exécution. (Illico presto signifie immédiatement.)

On leur apporte du riz fumant sauce graine avec de gros morceaux de viande. Ils se jettent dessus comme des fauves tellement, tellement ils ont faim. C'est tellement, tellement bon que ça donne envie à beaucoup de spectateurs de se trouver à la place des condamnés. Les condamnés mangent beaucoup et fort. Ils mangent à leur faim, tout leur soûl. Ils disent adieu à leur ami. Que le condamné soit catholique ou non, un curé passe et il reçoit l'extrême-onction. On les attache à des poteaux. On bande leurs yeux. Certains pleurent comme des gosses pourris. C'est la minorité. La plupart, la grande majorité, lèchent la barbiche, rient aux éclats bruyamment tellement, tellement ils sont contents d'avoir bien mangé. Et on les fusille sous les applaudissements de la foule joyeuse et heureuse.

Et malgré ça, oui malgré ça, certains des spectateurs constatent avec surprise que, pendant qu'ils applaudissaient, des voleurs les ont délestés de leur portefeuille. (Délester signifie alléger de son portefeuille d'après mon Larousse.) Délestés de leur portefeuille, parce qu'il y a tellement de voleurs dans le pays de Sanniquellie que l'exécution des uns n'arrivait pas à servir de leçon aux autres. Faforo (cul de mon papa) !

Au point de vue origine et filiation, Onika était la sœur jumelle de Samuel Doe. Elle se défendait, au moment du complot des natives contre les Afro-Américains. (Se défendre, pour une fille, c'est aller d'un point à un autre, c'est se prostituer.) Elle s'appelait alors Onika Dokui. Dès la réussite du complot de son frère jumeau, ça la nomma sergent dans l'armée libérienne et elle-même changea de nom et se fit appeler Baclay. Baclay parce que cela faisait nègre noir afro-américain et, on a beau dire, être afro-américain au Liberia donnait un certain prestige, c'était mieux que d'être d'origine native, d'être nègre noire africaine indigène.

A son retour de Lomé, de la conférence des chefs d'État de la CDEAO, Samuel Doe nomma lieutenant le sergent Baclay et l'affecta à sa sécurité personnelle. Après le complot des Gyos, Samuel Doe la nomma commandant de la garde présidentielle. A la mort de Samuel Doe, quand Samuel Doe fut dépecé, Baclay se nomma elle-même général et chef de la région de Sanniquellie. C'est-à-dire que le général était une femme futée qui ne laissait pas laper sa sauce au fond d'un canari par des ouya-ouyas d'hommes. Walahé !

Le général Onika était une petite femme énergique comme un cabri auquel on a pris le petit. Elle supervisait tout, avec les galons de général et son kalach. Partout dans son 4×4 bourré de gardes du corps armés jusqu'aux dents. La gestion de Baclay était familiale. La gestion courante était laissée à son fils. Son fils s'appelait Johnny Baclay Doe. Il était colonel et commandait le régiment le plus aguerri. Ce fils était marié à trois femmes. Ces trois femmes étaient commandants et dirigeaient les trois secteurs les plus importants : les finances, la prison et les enfants-soldats.

Sita était le nom de celle qui s'occupait des finances. C'était une Malinké, dans le pidgin afro-américain mandingo. Ça recevait le loyer de la terre que devaient payer trimestriellement les orpailleurs. Elle était musulmane, mais pas humanitaire pour un sou. Elle considérait comme des voleurs de la terre les orpailleurs qui travaillaient sans les autorisations et ceux-ci étaient condamnés à mort le samedi matin. Et fusillés, et elle en riait aux éclats.

Monita était le nom du commandant qui s'occupait des prisons. Elle était protestante, était humanitaire et avait un cœur d'or. Elle donnait à manger aux prévenus qui n'avaient pas le droit de casser la croûte. Elle a donné du plaisir à ceux à qui il ne restait que quelques heures à vivre. Des gestes comme ça, Allah les voit et récompense au ciel.

Celle qui commandait les soldats-enfants s'appelait Rita Baclay. Rita Baclay m'aimait comme c'est pas permis. Elle m'appelait le fiston du grigriman Yacouba et le fiston du grigriman avait tout et pouvait se permettre tout. Parfois, surtout quand Baclay était absent, elle m'amenait chez elle, me mijotait un petit plat. (Mijoter signifie cuire doucement et amoureusement.) Je mangeais bien et, pendant tout le repas, elle ne cessait de me dire : « Petit Birahima, tu es beau, tu es joli. Sais-tu que tu es joli ? Sais-tu que tu es beau ? » Et après le repas, me demandait tout le temps de me déshabiller. Et j'obéissais. Elle me caressait le bangala, doucement et doucement. Je bandais comme un âne et sans cesse je murmurais :

« Si le colonel Baclay nous voyait, il ne serait pas content.

– Ne crains rien, il n'est pas là », murmurait-elle.

Elle faisait plein de baisers à mon bangala et à la fin l'avalait comme un serpent avale un rat. Elle faisait de mon bangala un petit cure-dent.

Je quittais sa maison en sifflotant, gonflé et content. Gnamokodé (bâtard) !

Sanniquellie était une grosse agglomération à la frontière où on extrayait de l'or et du diamant. Malgré la guerre tribale, les commerçants étrangers s'aventuraient jusqu'à Sanniquellie, appâtés par les prix cadeaux de l'or. (S'aventurer signifie se hasarder, courir un risque. Et appâté, c'est attiré.) Tout le monde était sous les ordres du général Baclay à Sanniquellie. Le général Baclay avait droit de vie et de mort sur tout le monde à Sanniquellie et elle en usait. Et en abusait.

Sanniquellie comprenait quatre quartiers. Le quartier des natives, celui des étrangers, entre les deux il y avait le marché. Le marché c'était là que les samedis on exécutait les voleurs. A l'autre bout, au pied de la colline, le quartier des réfugiés et, sur la colline, le camp militaire où nous vivions. Le camp militaire était limité par des crânes humains portés par des pieux. Ça, c'est la guerre tribale qui veut ça. Bien au-delà des collines, dans la plaine, il y a la rivière et les mines. Les lieux étaient surveillés par des soldats-enfants. Les mines et la rivière où on lavait le minerai, c'était le bordel au carré. Je refuse de les décrire parce que je suis un enfant de la rue et je fais ce que je veux, je m'en fous de tout le monde. Je vais parler des patrons associés qui sont les vrais maîtres des mines et de tout et tout.

Les patrons associés sont les vrais chefs, les vrais maîtres des lieux. Ils habitent où ils travaillent, et leur habitation, leur logement, est une vraie forteresse. Une vraie forteresse gardée par des soldats-enfants armés jusqu'aux dents et toujours drogués. Totalement drogués. Où il y a des enfants-soldats, il y a des crânes hissés sur des pieux. Les patrons associés ont de l'argent. Tout orpailleur dépend d'un patron associé.

Au départ, à part son caleçon l'orpailleur n'a rien. C'est le patron associé qui lui finance tout. Ça finance les houes, le panier, la boustifaille et ça paie le droit mensuel d'un demi-dollar américain pour exploiter la terre.

Quand l'orpailleur a un coup mirifique c'est-à-dire s'il a la chance de tomber sur une pépite, il paie au patron associé tout ce qu'il doit. Ce qui arrive rarement parce que le coup mirifique arrive après que l'orpailleur a été endetté jusqu'au cou avec le patron associé. C'est-à-dire qu'il est toujours et en permanence à la disposition du patron associé. Le patron associé est souvent un Libanais et on comprend qu'il soit souvent assassiné. Oui, c'est bien qu'on les assassine affreusement, ce sont des vampires. (Les vampires sont des gens qui s'enrichissent du travail d'autrui d'après le Petit Robert.)

Il faut voir quand un orpailleur tombe sur une pépite. Ça vaut le déplacement. C'est un branle-bas, il hurle fort pour demander la protection des soldats-enfants. Et les soldats-enfants toujours drogués accourent, l'entourent et le conduisent chez son patron associé. Le patron associé fait le décompte de ses droits, paie les taxes, paie les soldats-enfants qui ont assuré la protection. Et le reste, s'il en reste, le donne à l'orpailleur. L'orpailleur devient un malheureux, il est obligé d'avoir un garde du corps jusqu'à ce qu'il ait tout dépensé et ce garde du corps est forcément un soldat-enfant totalement drogué. Walahé ! L'enfant-soldat a toujours besoin de drogue et le hasch n'est pas donné, ça coûte cher.

Une nuit, les bandits de grand chemin armés jusqu'aux dents sont entrés à Sanniquellie. Ça a profité de l'ombre pour se glisser entre les cases comme des filous. Ils sont entrés dans le quartier des patrons associés. Ça a investi deux maisons de patrons associés. (Investir une maison, c'est encercler une maison en coupant toutes les communications.) Ça a été facile, les small-soldiers étaient drogués, les soldats l'étaient aussi. Les bandits ont surpris dans le sommeil les patrons associés. Sous la menace des kalach, ils ont demandé aux patrons associés de remettre les clés des coffres. Les patrons associés ont remis les clés. Les bandits de grand chemin se sont servis, se sont servis copieusement. C'est au moment de partir, quand ils ont voulu emmener les patrons associés et qu'un a refusé, qu'il y a eu un éclat. Un soldat-enfant s'est réveillé et a tiré. Ils ne connaissent que ça, tirer, rien que tirer. Et ça a fait un grabuge généralisé. Des fusillades nourries et résultat : des morts, de nombreux morts. Walahé ! Cinq soldats-enfants et trois soldats ont été bousillés. Les coffres vidés, totalement vidés, emportés, et les bandits de grand chemin disparus en cavale avec deux patrons associés. Il fallait voir ça ! Le spectacle était désolant. Partout des morts, des soldats, des soldats-enfants morts, des coffres éventrés et deux patrons associés disparus. Les soldats-enfants qui étaient morts n'étaient pas des copains. Je les connaissais pas, c'est pourquoi je ne fais pas leur oraison funèbre. Et je ne suis pas obligé. Gnamokodé !

Onika Baclay s'est rendue sur place, sur les lieux. Elle n'a pas pu retenir ses larmes. Il fallait voir ça. Ça valait le déplacement. Une criminelle comme Onika pleurer sur des morts. Des larmes de crocodile ! Ça pleurait pas sur les cadavres, mais sur ce que ça risquait de lui faire perdre.

La politique d'Onika, c'était la sécurité des patrons associés. Sans patrons associés, pas d'orpailleurs, pas d'exploitation de mines et, par conséquent, pas de dollars. Elle garantissait la sécurité des patrons associés et s'en vantait. Et voilà deux des patrons associés enlevés, disparus en pleine nuit et au centre de Sanniquellie. Tous les patrons associés voulaient partir, tous ont fermé leur boutique. Le système d'Onika s'effondrait.

Onika était comme une folle. Il fallait voir ça. Le bout de femme avec tout ce que ça portait hurlait : « Restez ! Restez ! Je vais les rechercher, les faire venir. Ils sont à Niangbo. Je le sais. Ils sont à Niangbo. A Niangbo. »

C'était la première fois j'entendais le nom de Niangbo ; Niangbo où se trouvait ma tante. Les deux bandits de grand chemin venaient de Niangbo.

Deux jours après le rapt, arrivaient les demandes de rançon. Ils demandaient dix mille dollars américains, pas un de moins, par patron associé enlevé.

« C'est trop, trop, dix mille dollars américains. Où les trouver ? Où les décrocher ? » hurlait le général Onika.

Les négociations furent aussitôt entamées. Baclay pouvait donner deux mille dollars par patron associé. Les bandits voulaient être compréhensifs, ils réclamaient huit mille dollars, mais pas un dollar de moins, sinon ils égorgeraient les deux patrons associés.

Les négociations étaient difficiles et longues, vu que Niangbo se trouvait à deux jours de marche de Sanni-quellie.

Niangbo était une ville ouverte, libre, n'appartenant à aucune des factions. Elle devait être neutre. Elle ne devait pas autoriser des actions comme la prise des otages. Elle les a autorisées. C'était une faute qu'il fallait faire payer aux habitants de Niangbo. Ils allaient la payer très cher, ne cessait de murmurer le général Onika.

Pendant que les négociations se poursuivaient, le général Onika préparait secrètement la prise de Niangbo par la force. Nous, les enfants-soldats, avons commencé la marche sur Niangbo le quatrième jour après le rapt. La marche se faisait la nuit ; le jour on restait cachés dans la forêt. Pour nous empêcher de faire trop de conneries sur la route, on nous avait privés de hasch. De sorte que nous étions flasques comme des vers de terre, minés par le besoin de hasch. Nous allions hagards, ne sachant que faire, demandant sans cesse un peu de hasch. Mais, pendant les deux jours et deux nuits que dura le voyage, la consigne fut respectée.

Et enfin nous voilà le dimanche matin, heureux de nous trouver autour de Niangbo. On nous a installés et on a servi du hasch à profusion. Nous étions les premiers, à l'avant-garde, les éclaireurs. Nous étions impatients de combattre. Nous étions tous forts par le hasch comme des taureaux et nous avions tous confiance en nos fétiches. Derrière nous, le régiment des soldats et, un peu plus loin, l'état-major avec le général Onika en personne. L'opération était dirigée par le général. Elle tenait à être là pour punir les gens de Niangbo. Autour d'elle, il y avait les féticheurs, les deux féticheurs, Yacouba et son ancien féticheur appelé Sogou. Sogou était un féticheur de race krahn. Il portait en toute saison sur la tête et à la hanche des ceintures de plumes. Son corps était bariolé de kaolin.

L'attaque a commencé au lever du jour. Nous nous étions infiltrés jusqu'aux abords des premières cases. Chaque kalachnikov était servi par cinq enfants-soldats. Le premier groupe attaqua. A notre surprise, aux premières rafales des kalach répondirent d'autres rafales. Les habitants et les soldats de Niangbo nous attendaient. Il n'y avait pas eu surprise. Le premier servant tomba. Un autre le remplaça, celui-ci tomba, à son tour fauché. Et puis ce fut le troisième. C'est le quatrième qui décrocha. Nous nous sommes repliés, laissant nos morts sur le terrain. C'est toute la stratégie mise au point par le général Onika qui était mise en cause. Des soldats prirent nos places à l'avant-garde du combat. Ils ramassèrent les corps des morts.

Nous les enfants-soldats nous devions aller jusqu'à l'état-major pour vérifier nos protections par des fétiches. Certainement nous avons fait des conneries pour que nos protections soient aussi nulles : trois fauchés dès les premières rafales. Et effectivement, après des investigations, on a su que des interdits avaient été transgressés par des enfants-soldats. (Transgresser signifie violer, enfreindre.) Nous avions transgressé en consommant du cabri. Ça, c'est pas permis en temps de guerre quand on est équipé des fétiches de la guerre.

J'étais rouge de colère. Non… un noir comme moi ne devient jamais rouge de colère : ça se réserve au blanc. Le noir devient crispé. J'étais crispé de colère, enragé. Les féticheurs sont des fumistes. (Fumiste signifie personne peu sérieuse, fantaisiste, d'après mon Larousse.) Sans blague ! Pour avoir consommé du cabri, il y avait là trois morts, d'après les féticheurs. Sortir des conneries énormes comme ça. C'est incroyable !

Je pleurais pour leurs mères. Je pleurais pour tout ce qu'ils n'ont pas vécu. Parmi les corps, j'ai reconnu Sekou le terrible.

Lui, Sekou Ouedraogo, le terrible, c'est l'écolage qui l'a eu, l'a jeté dans la gueule du caïman, dans les enfants-soldats. (Écolage signifie les frais de scolarité.)

Son père était gardien d'une des villas cossues du côté des Deux Plateaux dans ce grand Abidjan-là. Des bandits de grand chemin ont braqué le bourgeois cossu et celui-ci a accusé son gardien de complicité. (Cossu signifie qui dénote la richesse.) Comme il n'y a pas de justice sur cette terre pour le pauvre, le père de Sekou a été torturé et emprisonné. L'écolage de Sekou ne vint pas pendant un mois, deux mois… Quand ça a atteint trois mois, le directeur de l'école appela Sekou et lui dit : « Sekou, tu es renvoyé, tu viendras quand tu auras l'écolage. »

La maman de Sekou se nommait Bita. Bita a demandé à son fils : « Attends, je vais chercher l'écolage, je vais t'apporter l'écolage. » Elle vendait du riz cuit et des ouvriers d'un chantier lui devaient quinze mille francs CFA. Avec quinze mille francs CFA, elle en avait suffisamment pour payer l'écolage mensuel de cinq mille francs. Mais Sekou attendit une semaine, encore une autre semaine entière mais, ne voyant rien venir, Sekou songea à son oncle du Burkina. Son père très souvent lui avait parlé de Boukari, un de ses frères, un oncle à Sekou qui était chauffeur, avait une moto et une concession dans grand Ouagadougou-là. Sekou décida d'aller chercher son écolage chez l'oncle qui a une moto et une concession à Ouagadougou. Il resquilla le train. (Resquiller, c'est emprunter un transport sans payer.) Mais il se fit choper à l'arrivée à Ouagadougou et envoyer au commissariat central de Ouagadougou.

« Où sont tes parents ?

– Mon oncle s'appelle Boukari, il a une moto et une concession. »

Mais trouver Boukari qui a une moto et une concession dans grand Ouagadougou-là revient à chercher un grain de mil ayant une tache noire dans un sac de mil. Sekou traîna une semaine au commissariat central en attendant qu'on trouve son oncle. La deuxième semaine, pendant que la recherche se poursuivait, Sekou profita d'une inattention de ses surveillants pour prendre la tangente et disparaître dans grand Ouagadougou-là. (Prendre la tangente, c'est s'esquiver.) Dans grand Ouagadougou-là, il commença à divaguer. (Divaguer signifie errer à l'aventure.) Dans sa pérégrination, il remarqua un camion d'Abidjan. Le chauffeur était seul à bord : son apprenti boy l'avait lâché parce qu'il ne le payait pas. Sekou s'empressa de se présenter comme un petit qui travaille sans se faire payer. Le marché fut conclu, Sekou devint l'apprenti chauffeur et boy du chauffeur qui se nommait Mamadou. Mamadou tira Sekou derrière le camion et, à voix basse, lui expliqua la mission du camion. Une mission secrète, très secrète, dont Sekou ne devait jamais parler. Le camion transportait en cachette des armes aux partisans de Taylor au Liberia. Le camion n'allait pas directement à Abidjan.

Et effectivement, dans la nuit, des militaires en civil arrivèrent, placèrent Mamadou et Sekou dans un hôtel, partirent charger le camion. Le matin à quatre heures, ils revinrent avec le camion chargé. Le chargement était bien emballé. Ils réveillèrent Sekou et Mamadou. Dans la cabine du camion, à côté de Mamadou, monta un officier en civil, et un autre, également en civil, se jucha avec Sekou sur les colis bien emballés. Direction frontière libériano-ivoirienne. Là ils s'arrêtèrent et aussitôt des guérilleros surgirent de la forêt. (Un guérillero est le combattant d'une guérilla.) Un guérillero remplaça Mamadou au volant et trois montèrent sur le chargement. Ils partirent avec les officiers. Sekou et Mamadou furent invités à attendre dans un maquis.

Le propriétaire du maquis était un ivrogne rigolo. Il riait aux éclats, tapait sur les épaules des clients, pétait de temps en temps. Pendant qu'il faisait ses conneries, surgirent de la forêt quatre gaillards cagoulés. (Cagoulés signifie portant des capuchons percés à l'endroit des yeux.) Ils braquèrent Sekou et Mamadou. Avant de les emmener, ils dirent au propriétaire du maquis, tremblant comme une feuille :

« Nous les emmenons en otages. Contre cinq millions CFA payables par le gouvernement burkinabé. La rançon est à payer dans un délai maximum de cinq jours, pas un jour de plus. Sinon les têtes des otages vous seront présentées au bout des fourches. C'est bien compris ?

– Oui », répondit le propriétaire toujours tremblant.

A travers la forêt, les yeux bandés, Sekou et Mamadou furent amenés jusqu'à une petite paillote où ils furent attachés à des pieux. Pendant les trois premières journées, il y eut trois gardiens qui paraissaient vigilants. Le quatrième jour, il n'en resta qu'un et celui-ci se mit à dormir. Sekou et Mamadou purent se détacher et disparaître dans la forêt. Sekou, de la forêt, déboucha sur une route. Elle était droite. Il la marcha sans regarder ni à droite ni à gauche. Au bout, il y avait un village et, dans ce village, des enfants-soldats. Il se présenta au chef de l'organisation : « Je suis Sekou Ouedraogo, je veux être un enfant-soldat. »

Comment Sekou mérita le qualificatif de terrible est une autre histoire et une longue histoire. Je n'ai pas le goût de raconter parce que je suis pas obligé de le faire, que ça me faisait mal, très mal. Je pleurais à chaudes larmes de voir Sekou couché, mort comme ça. Tout ça, prétendent les fumistes de féticheurs, à cause d'un cabri. Faforo (cul de mon papa) !

A côté de Sekou, il y avait le corps de Sosso la panthère.

Sosso la panthère était un petit de la ville de Salala au
Liberia. Il avait un père et une mère. Le père était gardien et manœuvre, faisait tout et tout dans le magasin
d'un Libanais et surtout buvait beaucoup de vin de
palme et du whisky. Il rentrait chaque soir à la maison
complètement soûl. Soûl à ne pas pouvoir distinguer sa
femme de son fils. A la maison, il hurlait comme un
chacal, cassait tout et surtout frappait sa femme et son
unique fils. Chaque soir, quand le soleil commençait à
décliner, Sosso et sa mère tremblaient de peur parce que
le chef de famille allait rentrer soûl complètement soûl,
soûl à ne pouvoir distinguer un taureau d'une chèvre. Et
ça allait être leur fête.

Un soir, alors qu'ils l'entendaient venir de loin, venir
de loin en chantant, riant aux éclats et blasphémant
(blasphémer signifie tenir des propos injurieux), Sosso
et sa maman pensèrent à ce qui les attendait et ils allèrent se réfugier au fond de la cuisine. Et, quand il arriva
et qu'il ne vit pas dans la maison sa femme et son fils, il
entra dans une colère plus exaspérée encore et il se mit
à tout casser. La mère de Sosso sortit de la cuisine en
tremblant et en pleurant pour arrêter le massacre. Et le
père envoya à la maman une marmite et la mère commença à saigner. Sosso en pleurs se saisit d'un couteau
de cuisine et piqua son père qui hurla comme une hyène
et mourut.

Il ne resta plus à Sosso le parricide (parricide signifie
celui qui a tué son père) qu'à rejoindre les enfants-
soldats.

Quand on n'a pas de père, de mère, de frère, de sœur,
de tante, d'oncle, quand on n'a pas de rien du tout, le

mieux est de devenir un enfant-soldat. Les enfants-soldats, c'est pour ceux qui n'ont plus rien à foutre sur terre et dans le ciel d'Allah.

Comment Sosso mérita le qualificatif de panthère est une autre histoire et une longue histoire. Je n'ai pas le goût de la raconter parce que je ne suis pas obligé de le faire et que ça me faisait mal, très mal. Je pleurais à chaudes larmes de voir Sosso couché, mort comme ça. Et quand je pensais à la connerie des féticheurs qui prétendaient que c'était à cause d'un cabri consommé au mauvais moment, j'enrageais encore plus fort. Faforo !

Nous les avons enterrés tous dans une fosse commune. La fosse fermée, nous avons tiré des rafales de kalach. Les funérailles des morts ne se font pas au front.

Onika croyait cent pour cent aux conneries des féticheurs qui disaient que c'était à cause du cabri consommé au mauvais moment que les trois avaient été fauchés. Il fallait réhabiliter nos fétiches, nos fétiches à nous, enfants-soldats. La réhabilitation se fait au bord d'un ruisseau et le choix du ruisseau ne fut pas chose facile. Le choix fait par l'un des grigrimen était automatiquement rejeté par l'autre. Onika fut obligée de donner de la voix et de menacer avant que l'entente puisse s'établir entre le grigriman féticheur et le grigriman musulman.

Onika s'installa avec son fils et ses belles-filles, les autres membres de l'état-major s'arrêtèrent autour d'eux. On fit venir les enfants-soldats, tous les enfants-soldats, une trentaine. Je doutais, comme certains de mes camarades, des conneries des féticheurs et nous riions sous cape pendant toute l'opération de réhabilitation. Ils nous alignèrent. (Sous cape signifie en cachette, d'après Larousse.) Puis, l'un après l'autre, ils nous firent réciter une courte prière qui disait :

Mânes des ancêtres, mânes de tous les ancêtres.
Esprits de l'eau, esprits de la forêt, esprits de la montagne,
tous les esprits de la nature, je déclare humblement
  que j'ai fauté.
Je vous demande pardon le jour et la nuit aussi. J'ai mangé
du cabri en pleine guerre.

Nous nous sommes débarrassés de nos fétiches et nous en avons fait un tas. Le tas fut enflammé, les objets des flammes furent réduits en cendres. Les cendres furent jetées à l'eau.

Puis tous les enfants-soldats se mirent nus, totalement nus. C'était pas très pudique vu qu'il y avait des femmes. Il y avait Sita Baclay, Monita Baclay et Rita Baclay. Cette dernière, en nous voyant nus, en me voyant nu, ça lui a fait penser aux moments agréables que nous avions passés ensemble. Gnamokodé (bâtard) !

Les féticheurs passèrent devant chaque enfant-soldat. Sur la tête de chacun crachotèrent et frictionnèrent la tête avec le crachat. L'ordre fut donné aux enfants-soldats de se jeter à l'eau. Ce qu'ils firent avec joie en chahutant. Après s'être lancé de l'eau et avoir fait un grand tapage, l'ordre leur fut donné de quitter l'eau. Les enfants-soldats sortirent tous sur la rive droite. Ils séchèrent et toujours nus descendirent le ruisseau jusqu'à un petit pont qu'ils empruntèrent pour passer sur la rive gauche où ils avaient laissé leurs habits et leurs armes. Ils s'habillèrent et s'alignèrent à nouveau. On les dota de nouveaux fétiches. Moi et certains de mes camarades qui doutaient de l'efficacité de leurs fumisteries de fétiches, nous avons ri sous cape. Gnamokodé (bâtardise) !

Ça a duré vingt-quatre heures. Nous avions fait croire aux gens de Niangbo que nous étions partis avec nos morts, nous avions disparu dans la forêt. Et puis le matin, très tôt le matin, ça a été la bagarre. Un feu nourri, fou. Mais, une fois encore, on ne les a pas surpris. Tac tac, ils ont répondu à notre attaque par des rafales bien nourries. Nous étions encore plaqués au sol. Nous avons eu deux soldats atteints malgré leurs conneries de fétiche musulman et de fétiche féticheur. Le premier, mort sur le coup ; le second, mortellement atteint. Il n'y avait pas cette fois-ci d'enfants-soldats, vu que les enfants-soldats n'étaient pas en première ligne. Pourtant, c'était au sud du village, du côté du ruisseau, que nous avons attaqué, pas au nord comme la première fois. Ils avaient donc mis tout autour du village des soldats avec des kalach. Nous étions encore une fois plaqués au sol.

Il fallait trouver une nouvelle stratégie, différente de notre connerie de fétiches. Et Onika, au lieu de se creuser les méninges, a encore fait appel à ces cons au carré de féticheurs. Ils ont réuni certains soldats avec quelques enfants-soldats dont Tête brûlée et ils ont discuté de la stratégie à adopter. La réunion dura jusqu'au soir.

Brusquement, équipé de plusieurs colliers de grigris, le kalach au poing, Tête brûlée avança vers les premières cases du village. Il avança en mitraillant comme un dingue, en mitraillant sans répit, en mitraillant comme dix. (Sans répit signifie sans cesse.) Sans répit et malgré la riposte des soldats d'en face qui également répon-

daient à la mitraille par la mitraille. Il fallait voir ça,
Walahé !, pour y croire ! Il avança dans la mitraille avec
tellement d'aplomb, tellement de couilles entre les
jambes que les mitrailleurs d'en face décrochèrent. Pour
se tailler. Ils étaient tellement paniqués qu'ils laissèrent
leurs armes sur place.

C'est ce qu'attendaient les nôtres. Ils hurlèrent
ensemble et foncèrent sur les premières cases. Et, à leur
totale surprise, sortirent de ces cases les mains en l'air
avec des drapeaux blancs des villageois apeurés. Partout, dans le village, tous les habitants se présentaient
les mains en l'air, arborant des drapeaux blancs. (Arbo-
rer signifie déployer, hisser.)

Tête brûlée, par son courage et les fétiches, venait de
conquérir le village de Niangbo. Quand les tireurs d'en
face ont vu Tête brûlée avancer dans la mitraille, ils se
sont dit que les protections de Tête brûlée étaient plus
fortes que leurs grigris à eux. Ils ont paniqué et ont
abandonné leurs armes.

Moi alors j'ai commencé à ne rien comprendre à ce
foutu univers. A ne rien piger à ce bordel de monde.
Rien saisir de cette saloperie de société humaine. Tête
brûlée avec les fétiches venait de conquérir Niangbo !
C'est vrai ou ce n'est pas vrai, cette saloperie de grigri ?
Qui peut me répondre ? Où aller chercher la réponse ?
Nulle part. Donc c'est peut-être vrai, le grigri… ou c'est
peut-être faux, du bidon, une tricherie tout le long et
large de l'Afrique. A faforo (cul de mon père) !

C'est tout le village de Niangbo qui avait été pris en
otage par quatre bandits de grand chemin. Les mêmes
quatre qui s'étaient emparés des propriétaires associés

de Sanniquellie. Ils avaient emprisonné le chef de village et des notables de la ville de Niangbo. Les quatre s'étaient placés aux quatre points cardinaux. C'est eux qui avaient tué les enfants-soldats. Dès qu'ils ont disparu dans la forêt, tous les villageois sont sortis.

Ils organisèrent des fêtes. Nous étions les libérateurs. Sur la place du village, les danses s'animèrent.

Il fallait voir une salope comme Onika jouer à la libératrice. Ça valait le détour ! Elle s'était assise au centre, de chaque côté son fils et ses belles-filles, et ça trônait comme un nabab, un patron. Le frappeur de tam-tam avança vers elle, se courba à ses pieds et joua en son honneur. Alors Onika hurla des cris de sauvage et se lança dans le cercle de danse. Avec tout et tout : ses galons, son kalach, ses grigris, tout et tout. Son fils et ses belles-filles l'imitèrent, la suivirent dans le cercle de danse. Les femmes soulevèrent ses bras. Deux par bras. Et tout le monde se mit à applaudir, comme des dingues, à chanter et à rire comme des écervelés. Les belles-filles et le fils l'abandonnèrent au milieu du cercle. Elle commença la danse du singe. Il fallait voir cette couillonne au carré d'Onika sauter comme un singe, faire la culbute comme un enfant de la rue avec ses galons de général, tellement elle était soûle, tellement, tellement. Tellement elle était contente et fière de sa victoire. Elle était ivre de vin de palme.

Après le tour du cercle de danse, elle vint s'asseoir, les belles-filles et le fils autour d'elle. Ils l'embrassèrent sur la bouche. Le brouhaha s'arrêta. Et Onika parla.

Elle fit sortir au milieu du cercle les deux grigrimen : Yacouba et Sogou. Elle les félicita publiquement. C'était grâce à leur savoir-faire que Niangbo avait été pris sans beaucoup de morts. Les grigrimen étaient fiers et contents. Ils ont fait le tour du cercle de danse en faisant les cons avec des fétiches.

Elle fit sortir au milieu du cercle de danse les deux propriétaires associés qui avaient été enlevés. Onika expliqua pourquoi ils n'avaient pas pu les tuer. C'était à cause des fétiches et des sacrifices ! Elle continua son discours. Les quatre bandits qui avaient occupé la ville de Niangbo seront poursuivis et arrêtés. Ils seront dépecés, des morceaux de leurs corps seront exposés partout où ils ont commis des forfaits pour amadouer le courroux des fétiches qu'ils ont provoqué. Des soldats ont été lancés à leur recherche. Ils finiront par les rattraper. Certainement, si Dieu le veut : si Dieu le veut… Amen !

Tout à coup, deux Mandingos avec leurs boubous sales se sont approchés de Yacouba et ont crié fort à attirer l'attention de tout le monde :

« Toi, je connais. Tu es avant à Abidjan, transporteur, multiplicateur de billets, guérisseur et tout et tout. Walahé ! moi connais toi, tu appelé Yacouba…

– Con ! con ! répliqua Yacouba. (Il ne le laissa pas poursuivre.) Vous criez ça fort, tout le monde va entendre. (Il le tira de côté et lui dit :) Si tu me connais après… Tu n'as pas besoin de crier sur tous les toits. Onika va entendre, et c'est pas bon pour moi. »

Yacouba ne voulait pas qu'Onika sache tout ce qu'il avait foutu dans cette saloperie de vie.

D'un autre côté, Yacouba s'est aperçu qu'un des deux Mandingos était son ami Sekou. Sekou qui était venu lui rendre visite en Mercedes au CHU Yopougon d'Abidjan. Il avait tellement maigri que Yacouba ne l'avait pas reconnu. Yacouba et Sekou s'embrassèrent

Et après, ils alignèrent les salutations kilométriques que les Dioulas se disent quand ça se rencontre : « Comment ça va le cousin de la belle-sœur de ton frère ? » etc.

Après une minute de silence, Sekou et son compagnon parlèrent des gens du village qui se trouvaient dans ce foutu Liberia. Et le compagnon de Sekou annonça qu'il y avait Mahan et son mari.

« Mais, Mahan, c'est ma tante ! » ai-je crié.

Alors là, nous avons tous les deux sauté comme des hyènes prises en train de voler une chèvre.

« Mahan ! Mahan ! s'écria Yacouba en me montrant du doigt. C'est la tante de ce petit. Mahan c'est la tante de ce petit que je suis en train de chercher. Où est chez elle ? chez elle où ? »

Et nous nous sommes précipités comme des dingues, comme des diarrhéiques. (Diarrhéique signifie celui qui est pressé par la diarrhée.) Il fallait voir un bandit boiteux comme Yacouba se précipiter. Et nous avons fouillé concession après concession, case après case. Devant certaines cases, des cadavres, toute sorte de cadavres, certains avec les yeux ouverts comme cochons mal égorgés. Nous avons fouillé les concessions du nord et les concessions du sud, jusqu'à… fatiguer… Et nous avons commencé à nous démoraliser. (Démoraliser signifie ne plus avoir le cœur à l'ouvrage, ne plus vouloir rien foutre.) Nous étions là à regarder les mouches voler à gauche et à droite, sans rien dire. Et, tout à coup, le compagnon de Sekou s'est arrêté, s'est penché, a tourné dans une concession devant une case et a hurlé comme un bœuf : « Walahé ! Walahé ! C'est là case de Mahan. Mahan i' là-dans. »

La porte était à demi ouverte. Yacouba a poussé. Rien dans la case et nous avons continué jusqu'à l'enclos et là, gnamokodé (putain de ma mère), des mouches plus grosses que des abeilles agglutinées sur un cadavre. (Agglutiner signifie un peu partout, en pagaille.) Les mouches se sont envolées dans le vacarme d'un avion qui rase, laissant à découvert un cadavre dans le sang. Superbement esquinté, le crâne écrasé, la langue arrachée, le sexe finement coupé. C'était, faforo (le cul de mon père)!, le corps du mari de tantie Mahan. Nous nous sommes arrêtés, avons commencé à pleurer comme des enfants mal gâtés faisant encore pipi au lit. Nous étions là, en train de pleurer comme des couillons au carré, lorsque nous avons vu un homme sortir et s'approcher précautionneusement. L'homme était un native, un nègre noir africain indigène. Ça tremblait encore comme une feuille au fort d'un orage.

« C'est les Krahns, dit-il. Ils n'aiment pas les Mandingos. Ils veulent pas voir des Mandingos au Liberia. Les Krahns sont arrivés. Ils lui ont écrasé la tête ; ils lui ont arraché la langue et le cul. La langue et le sexe pour rendre les fétiches plus forts. Sa femme, la bonne Mahan, a vu ça, elle a vite couru et s'est cachée chez moi. Quand les Krahns sont partis, définitivement partis, je l'ai amenée à la lisière de la forêt. Elle est partie vite dans la forêt. Partie vite vers le sud… Elle est tellement bonne, trop bonne la Mahan. »

Et le type a commencé lui aussi à chialer.

« Où, où elle est partie ? s'écria Yacouba, prêt à bondir pour se lancer à sa poursuite.

– Depuis deux jours elle est partie. Vous ne la rattraperez pas ; vous ne la retrouverez plus. »

Nous sommes restés bouche bée. (Bouche bée signifie frappé de stupeur.) Nous étions démoralisés. Ça n'allait pas pour la tante ; elle était en péril majeur. (Péril :

situation, état où un danger menace l'existence d'une personne, d'après mon Larousse.)

Nous sommes revenus sur la place où, tout à l'heure, ça dansait la culbute du singe. Surprise ! La fête était levée. C'était l'affolement général, le branle-bas. Ça hurlait ; ça jurait ; ça courait dans tous les sens.

On venait d'apprendre à Onika que les NPFL avaient profité de son absence et de l'absence de son état-major pour attaquer Sanniquellie. Et, sans coup férir, ils s'étaient emparés de la place forte et de toutes ses richesses. (Sans coup férir signifie, dans le Petit Robert, sans difficulté.) Sans difficulté, sans aucune résistance vis-à-vis, ils ont investi Sanniquellie. Sanniquellie était sous leur commandement. Onika était comme folle. La petite femme allait, venait, hurlait, injuriait et commandait avec ses galons, son kalach et ses fétiches, tout et tout.

Les NPFL avaient toujours voulu commander la ville aurifère de Sanniquellie. Plusieurs fois, ils l'ont attaquée, chaque fois ils ont été repoussés avec des pertes.

« Maintenant, ils ont profité de mon absence pour perpétrer le mauvais coup. C'est lâche. NPFL sont lâches. Ils sont pas des garçons, ils sont très lâches ! » hurlait Onika.

Que pouvait faire Onika maintenant ? Sa base était investie, son organisation décapitée. Elle n'avait plus d'armes. Plus d'armée sauf le petit détachement qu'elle avait amené avec elle pour les opérations de Niangbo. Avec tout l'arsenal de Sanniquellie, NPFL avait bien organisé sa défense. Tous les biens d'Onika, tout l'or d'Onika étaient tombés dans les mains de l'ennemi.

Onika s'est retirée, s'est assise, et son fils et ses belles-filles l'ont entourée. Des soldats, des enfants-soldats se sont joints à eux. Tout ce monde s'est réuni, s'est mis en cercle, et ça a organisé un concert de pleurs. Tout ce monde s'est mis à pleurer. Un groupe de bandits de grand chemin, de criminels de la pire espèce, pleurer comme ça. Il fallait voir ça, ça valait le détour.

Après une longue demi-journée de pleurs, ils ont eu faim, ils ont eu soif. Ils se sont ressaisis et se sont levés. La petite armée s'est alignée sur deux rangs avec Onika en tête. Ils ont pris pied la route le chemin du nord pour retrouver des factions de ULIMO. C'est là-bas que ça se trouvait les ULIMO, en pagaille.

Nous (Yacouba, le bandit boiteux, et moi, l'enfant de la rue) avons pris le chemin du sud. C'est là-bas qu'est partie la tante, Mahan. Nous n'avons que nos kalach comme subsistance parce que Allah ne laisse pas vide une bouche qu'il a créée.

Aujourd'hui, ce 25 septembre 199... j'en ai marre. Marre de raconter ma vie, marre de compiler les dictionnaires, marre de tout. Allez vous faire foutre. Je me tais, je dis plus rien aujourd'hui... A gnamokodé (putain de ma mère) ! A faforo (sexe de mon père) !

IV

Nous (c'est-à-dire le bandit boiteux, le multiplicateur des billets de banque, le féticheur musulman, et moi, Birahima, l'enfant de la rue sans peur ni reproche, the small-soldier), nous allions vers le sud quand nous avons rencontré notre ami Sekou, un paquet sur la tête, qui montait du sud vers le nord. Nous nous étions séparés à Niangbo sans nous donner l'au revoir. Comme lorsque des Dioulas se rencontrent dans la forêt libérienne, des salutations et des salutations, on s'est aligné des salutations kilométriques. Et, à la fin des fins des salutations, Sekou nous a sorti quelque chose de merveilleux. Tous les hommes de l'univers entier avaient eu marre de voir au Liberia les nègres noirs africains indigènes s'égorger comme des bêtes sauvages ivres de sang. Le monde entier avait eu marre de voir les bandits de grand chemin qui se sont partagé le Liberia commettre des atrocités. (Atrocité signifie crime horrible.) Les gens dans le monde ne voulaient plus les laisser faire, les bandits. Les États se sont adressés à l'ONU et l'ONU a demandé à la CDEAO (Communauté des États de l'Afrique de l'Ouest) d'intervenir. Et la CDEAO a demandé au Nigeria de faire application de l'ingérence humanitaire au Liberia. (Ingérence humanitaire, c'est le droit qu'on donne à des États d'envoyer des soldats dans un autre État pour aller tuer des pauvres innocents chez eux, dans *leur propre pays, dans leur propre village, dans leur propre case, sur leur propre natte*.) Et le Nigeria, le pays le plus peuplé de l'Afrique et qui a plein de militaires, ne sachant qu'en faire, a envoyé au Liberia son surplus de militaires avec le droit de massacrer la population innocente civile et tout le monde. Les troupes du Nigeria appelées troupes d'interposition de l'ECOMOG. Et les troupes de l'ECOMOG opèrent maintenant partout au Liberia et même en Sierra Leone, au nom de l'ingérence humanitaire, massacrent comme bon leur semble. On dit que ça fait interposition entre les factions rivales.

Nous avons encore salué l'informateur Sekou, l'avons remercié et l'avons quitté. Nous n'avons pas marché long, même pas une journée entière, nous étions dans un camp occupé par les partisans de Prince Johnson. Le camp était limité par des crânes humains hissés sur des pieux comme tous les casernements de la guerre tribale.

Le Prince Johnson était le troisième bandit de grand chemin. Ça possède en propre une large part du Liberia. Mais c'était un prince, c'est-à-dire un bandit sympathique parce qu'il avait des principes. Oui alors, de grands principes. Parce qu'il était un homme de l'Église. Ce bandit s'était foutu dans la tête des principes incroyables de grand seigneur, des principes d'honnête et désintéressé combattant de la liberté. Ça a posé comme loi que le chef de guerre qui avec l'arme à la main a libéré le Liberia ne peut pas encore solliciter le suffrage des Libériens. Ce serait contraire à l'éthique (l'éthique, d'après le Petit Robert, c'est la science de la morale) ; ce serait contraire à la décence (la décence, d'après le Petit Robert, c'est le respect des bonnes mœurs, des convenances, des bienséances). Il s'est foutu dans la tête un autre principe de grand seigneur. Un combattant ne pille pas, ne vole pas ; il demande à manger à l'habitant. Et, le plus marrant (je parie que vous ne me croirez pas !), c'est qu'il applique ce principe-là. Walahé (au nom d'Allah) !

Aussi tout guérillero qui arrive chez lui est-il enfermé et reste-t-il enfermé : on l'oblige à jurer qu'il combattra jusqu'à la mort le chef de guerre qui voudra se présenter au suffrage universel ; le chef de guerre qui voudra être président ; le chef de guerre qui voudra commander le Liberia, la patrie bien-aimée libérée.

Yacouba et moi avons été enfermés dans des conditions épouvantables pendant une semaine. A la fin de la semaine, nous avons fait le foutu serment qui n'engage personne. Ça n'engage personne parce que personne n'aurait le temps ni le loisir de juger un guérillero pour parjure dans ce bordel au carré de Liberia de la guerre tribale. (Parjure signifie, d'après mon Larousse, faux serment.) Après ce faux serment, des grigrimen soumettent le nouvel arrivant à des tests, un nombre incroyable de tests. Il est mis nu comme un ver et est aspergé de décoction. La décoction pue le pipi. On tourne autour de sa tête un fétiche et une croix. Le fétiche est pris avec force par les deux porteurs. Au cou du porteur pend une grande croix montée de Jésus-Christ expirant. Le porteur est ébranlé, secoué par saccades. Et d'autres conneries de cette espèce. Tout ça pour quoi faire ? Vérifier que le nouvel arrivant n'est pas un mangeur d'âmes. Les mangeurs d'âmes, il n'en voulait pas. Le Prince Johnson en avait trop dans sa zone. C'était un refuge de mangeurs d'âmes. (Les nègres noirs africains indigènes prétendent que des noirs africains se transforment la nuit en hiboux et prennent l'âme de leurs proches et vont la manger dans le feuillage des grands fromagers, des grands arbres du village. Définition de mangeur d'âmes d'après Inventaire des particularités.)

Yacouba et moi avons subi les tests et, heureusement, n'avons pas eu les soupçons de mangeur d'âmes. (Soupçon signifie doute désavantageux, inspiré ou conçu.) Parce que les mangeurs d'âmes sont battus et expulsés ou enfermés et torturés jusqu'à ce qu'ils vomissent la boule de sang qu'a chaque mangeur d'âmes dans son intérieur. Et ça, c'est pas facile, ce n'est pas du tout facile pour un mangeur d'âmes de cracher sa boule de sang. On le chicote comme un chien voleur et lui administre un vomitif à faire chier deux chevaux. (Pour les noirs africains indigènes qui comprennent pas bien le français, administrer signifie faire prendre un médicament.)

Quand Yacouba s'est présenté comme un grand grigriman, Johnson a fait une courte et pieuse prière chrétienne et a terminé par : « Que Jésus-Christ et le Saint-Esprit veillent à ce que tes fétiches restent toujours efficaces. » Il était profondément chrétien, Johnson. Yacouba a répondu : « Chi Allah la ho, ils le seront. » (Chi Allah la ho signifie, d'après Inventaire des particularités, que Allah le veuille.) Lui, Yacouba était profondément musulman.

Johnson avait un féticheur, un féticheur chrétien. Dans les recettes de ce féticheur, il y avait toujours des passages de la Bible et toujours la croix qui traînait quelque part. (Recette signifie procédé pour réussir quelque chose.) Johnson était heureux de rencontrer Yacouba, un féticheur musulman. C'était la première fois qu'il avait affaire à un musulman. Les combattants allaient compléter les fétiches chrétiens par des amulettes constituées de versets du Coran gribouillés en arabe. (Gribouillé signifie écrit sans application, sans soin.)

J'ai été automatiquement intégré dans la brigade des enfants-soldats, des small-soldiers, des children-soldiers avec tout et tout. Kalach et tenue de parachutiste trop large et longue pour moi. Mais on bouffait mal, alors là, très mal. Du manioc bouilli et pas en quantité suffisante. J'ai tout de suite cherché une solution. J'ai commencé par me faire de nombreux copains. Avec les copains, nous avons fait la débrouillardise. Nous avons pillé et chapardé de la nourriture. Chaparder de la nourriture n'est pas dérober parce que Allah, dans son excessive bonté, Allah n'a jamais voulu laisser vide pendant deux jours une bouche qu'il a créée. Walahé (au nom d'Allah) !

Pour dire vrai, le Prince Johnson était un illuminé. (D'après mon Larousse, illuminé signifie visionnaire.) Et on ne discute pas avec un visionnaire. On ne prend pas pour argent comptant les paroles d'un visionnaire. (Prendre pour argent comptant, c'est croire naïvement ce qui a été dit ou promis.) Samuel Doe, le dictateur, a su cela trop tard. Malheureusement trop tard ! Il l'a su quand il a vu, lui-même vu de ses propres yeux, vu de son vivant, vu ses membres partir morceau par morceau, pièce par pièce. Comme les éléments d'un tacot qu'on veut débrouiller.

Walahé ! Il était midi, exactement midi dix, lorsqu'un officier de l'ECOMOG se présenta devant le camp de Johnson, devant le sanctuaire de Johnson au port de

Monrovia. Le Prince Johnson, comme à son accoutumée, chaque midi, était en prière, en pénitence. Il priait agenouillé sur des cailloux, les genoux meurtris par les cailloux. Il était dans les douleurs.

L'officier annonça que Samuel Doe était à l'état-major de l'ECOMOG en chair et en os, là, dans le centre de Monrovia. L'état-major de l'ECOMOG était un lieu neutre où tout chef de guerre, avant d'entrer, devait être désarmé. Samuel Doe était entré dans l'état-major de l'ECOMOG, lui-même sans arme et suivi de ses quatre-vingt-dix gardes du corps également désarmés, les mains nues, les bras ballants. Samuel Doe était entré dans l'état-major de l'ECOMOG pour demander au général commandant de servir d'intermédiaire entre lui, Samuel Doe, et le Prince Johnson. Il ne demandait qu'une chose, une seule chose à Johnson : s'entretenir avec Johnson. Parce que le Liberia était fatigué de la guerre de ses enfants. Puisque Johnson avait rompu avec Taylor, Samuel Doe pouvait s'entendre avec Johnson. Il voulait mettre fin à la guerre par la négociation avec Johnson. La guerre avait fait beaucoup de mal à la chère patrie bien-aimée.

Johnson cria : « Jésus-Christ le Seigneur ! Jésus-Christ le Seigneur ! » Il se lécha les babines. Il refusait d'y croire, il refusait de penser que Samuel Doe était en personne au camp de l'ECOMOG. Il remercia Jésus-Christ et tous les saints. Et en un instant se calma et à l'officier tint un langage sur le même ton que Samuel Doe avait parlé. Lui, le Prince Johnson était lui aussi fatigué de la guerre. Samuel Doe était un patriote, il appréciait la démarche du patriote. Le Prince Johnson allait l'embrasser, l'embrasser sur la bouche comme un ami. Ils allaient s'entretenir tête à tête en amis, en patriotes, des affaires de la patrie bien-aimée et bénie le Liberia. Etc.

L'officier pouvait devancer et, au camp de l'ECO-MOG, faire part à Samuel Doe des bonnes paroles de Johnson. Ce que fit l'officier. Samuel Doe entendit ces paroles mielleuses et les crut. Il attendit tranquillement Johnson en fumant sur un siège à l'état-major de l'ECOMOG.

Lorsque l'officier donna le dos, Johnson fut pris d'un fou rire, d'un rire délirant. Et il se dit en murmurant :

Voilà un homme qui avait fait tant de mal au peuple libérien, un homme du démon. Il se trouvait sans protection au centre de Monrovia. Et lui, Johnson, un homme de l'Église qui était entré dans la guerre tribale sous le commandement de Dieu. Dieu lui avait commandé à lui Johnson de faire la guerre tribale. De faire la guerre tribale pour tuer les hommes du démon. Les hommes du démon qui faisaient beaucoup de mal au peuple libérien. Et le premier de ces hommes du démon était Samuel Doe. Et Dieu toujours dans sa bonté infinie venait ainsi offrir l'occasion unique à Johnson d'en finir avec ce démon de Samuel Doe. La voix du Seigneur était droite, elle le pressait.

Il prépara un commando fort d'une vingtaine de soldats bien aguerris. Il prit lui-même le commandement du commando. Ils cachèrent les armes sous les sièges de la Jeep. Les armes étaient bien cachées ; ils purent passer le premier barrage de l'ECOMOG où les entrants se débarrassent de leurs armes. Dès qu'ils se trouvèrent dans l'enceinte du camp de l'ECOMOG, ils sortirent les armes et commencèrent par massacrer les quatre-vingt-dix gardes du corps de Samuel Doe, montèrent au premier étage où s'entretenaient Samuel Doe et le général ghanéen commandant l'ECOMOG. Le commando fit coucher tout le monde, s'empara de Samuel Doe. Il fit attacher les bras au dos de Samuel Doe, le fit descendre de l'étage et le jeta dans une Jeep au milieu de soldats armés jusqu'aux dents. Tout cela fut vite fait, promptement fait, les soldats de l'ECOMOG n'eurent pas le temps de s'organiser, de réagir. Le commando put forcer la porte du siège de l'ECOMOG sans tirer. Le commando amena Samuel Doe au port dans le sanctuaire de Johnson (sanctuaire signifie lieu fermé, secret et sacré). Et là, il le fit détacher et le jeta par terre.

Et une fois par terre, des souliers, des poings, dans une bouffée délirante de rire (délirante signifie prise par une exaltation et un enthousiasme extrêmes), il s'acharna sur Samuel Doe en hurlant : « C'est toi le président du Liberia qui fais la guerre pour rester président, toi un homme du démon ! Un homme guidé par le démon. Tu veux par les armes rester président. Président de la République, le président de tous les Libériens. Mon Seigneur Jésus ! » Il le prit par l'oreille, le fit asseoir. Il lui coupa les oreilles, l'oreille droite après l'oreille gauche : « Tu veux discuter avec moi. Voilà comme je discute avec un homme du démon. » Plus le sang coulait, plus Johnson riait aux éclats, plus il délirait. Le Prince Johnson commanda qu'on coupe les doigts de Samuel Doe, l'un après l'autre et, le supplicié hurlant comme un veau, il lui fit couper la langue. Dans un flot de sang, Johnson s'acharnait sur les bras, l'un après l'autre. Lorsqu'il voulut couper la jambe gauche, le supplicié avait son compte : il rendit l'âme. (Rendre l'âme, c'est crever.)

C'est à ce moment, à ce moment seulement, qu'arrivèrent les officiers de l'ECOMOG dans le camp de Johnson. Ils accouraient pour négocier la libération de Samuel Doe. Ils arrivaient trop tard. Ils constatèrent le supplice et assistèrent à la suite. (Supplice signifie punition corporelle appliquée par la justice.)

Johnson délirant, dans de grandes bouffées de rire, commanda. On enleva le cœur de Samuel Doe. Pour paraître plus cruel, plus féroce, plus barbare et inhumain, un des officiers de Johnson mangeait la chair humaine, oui, de la vraie chair humaine. Le cœur de Samuel Doe fut réservé à cet officier qui en fit une brochette délicate et délicieuse. Ensuite, on monta rapidement un haut et branlant tréteau, en dehors de la ville, du côté là-bas de la route du cimetière. On y amena la charogne du dictateur et la jeta sur le tréteau. On la laissa exposée pendant deux jours et deux nuits aux charognards. Jusqu'à ce que le vautour royal, majestueusement, vînt lui-même procéder à l'opération finale. Il vint lui arracher les yeux, les deux yeux des orbites. Le vautour royal rendait ainsi inopérante la force immanente de Samuel Doe et les pouvoirs immanents de ses nombreux fétiches. (Immanent signifie qui est contenu dans un être, qui résulte de la nature même de l'être.)

Après ça, on enleva la charogne qui empestait à un kilomètre à la ronde. On la jeta à la horde des chiens. La horde des chiens impatients qui, pendant les deux jours et deux nuits, se disputaient à coups d'aboiements et de gueule sous le tréteau. Les chiens se précipitèrent sur la charogne, la happèrent et se la partagèrent. Ils en firent un bon repas, un très délicieux déjeuner.

Faforo (sexe du père) ! Gnamokodé (bâtardise) !

La sainte, la mère supérieure Marie-Béatrice, faisait l'amour comme toutes les femmes de l'univers. Seulement, on s'imaginait mal la sainte sous un homme en train de recevoir l'amour tellement, tellement elle était virago. (Virago signifie femme d'allure et de manière masculines.) Elle était vraiment solide et de trop grande taille. Elle avait le nez largement étendu, les lèvres trop épaisses et les arcades sourcilières d'un gorille. Et puis elle avait la chevelure coupée ras. Et puis elle avait l'occiput plein de bourrelets comme chez les hommes. Et puis elle portait une soutane. Et puis, sur la soutane, pendait un kalach. Et ça, c'est la guerre tribale qui veut ça. Oui, vraiment, on s'imaginait mal la sainte en train d'embrasser sur les lèvres le Prince Johnson et coucher sous lui pour recevoir l'amour. Walahé (au nom d'Allah) !

Commençons par le commencement.

Marie-Béatrice était la mère supérieure de la plus grande institution religieuse de Monrovia quand arriva la guerre tribale dans la capitale. L'évêché envoya dix soldats et dix-huit enfants-soldats commandés par un capitaine pour protéger l'institution. Le capitaine déploya ses hommes. Et voilà que des groupes de pillards arrivèrent et s'attaquèrent à l'institution. Les défenseurs paniquèrent et furent rapidement débordés. Les pillards commencèrent à faire main basse sur toutes les choses saintes. (Faire main basse, c'est piller, s'emparer, d'après le Petit Robert.) Et alors là, Marie-Béatrice se fâcha, se débarrassa de la cornette, arracha de la main d'un soldat un kalach. Et se coucha. Et mitrailla et mitrailla. Cinq pillards furent fauchés et les autres détalèrent, détalèrent sans demander leur reste. A partir de là, sainte Marie-Béatrice prit en main, d'une main de fer, la défense de l'institution. Elle signifia au capitaine que lui et tous ses hommes devaient obéir à elle et à elle seule.

Avant de s'attaquer à l'institution, les pillards s'étaient emparés de l'évêché. Ils avaient affreusement torturé avant de les assassiner le monseigneur et cinq prêtres, et les autres avaient fui, disparu comme des filous. De sorte que seule fonctionnait l'institution de Marie-Béatrice dans le centre de Monrovia. Toutes les autres réalisations catholiques, toutes les maisons aux alentours de l'institution avaient été pillées, abandonnées par leurs occupants. C'est là que Marie-Béatrice s'est montrée à la hauteur, c'est là qu'elle a réalisé des prouesses (prouesses signifie d'après Larousse actes d'héroïsme), c'est là qu'elle a mérité son galon de vraie, vraie sainte.

C'était toujours la même chose pour la sainte Marie-Béatrice, les journées de vingt-quatre heures paraissaient trop courtes, les unes après les autres. Il restait toujours du travail après chaque jour pour le lendemain pour la sainte.

Marie-Béatrice se réveillait à quatre heures du matin, prenait le kalach qui était toujours à portée de main toutes les nuits. Ça, c'est la guerre tribale qui veut ça. Elle portait la cornette, la soutane, nouait les lacets des chaussures. Puis elle allait à pas feutrés visiter les postes de garde pour surprendre les sentinelles. (Pas feutrés signifie où les bruits sont étouffés.) Et elle surprenait toujours des couillons de sentinelles en train de ronfler. Elle les réveillait avec des coups de pied dans les fesses. Puis elle revenait, sonnait la clochette. Les sœurs, tout l'établissement se réveillaient pour la prière matinale. Après ça, tout le monde déjeunait parce que la quête de la veille avait été fructueuse. (La quête signifie ce qui avait été recueilli.)

Elle faisait venir le 4×4 découvert, s'installait à droite du chauffeur, bien sûr avec le kalach et la cornette. Elle revenait vers les dix, onze heures. Chaque jour, le même miracle se produisait, le 4×4 arrivait plein à déborder de victuailles. (Victuailles signifie vivres, provisions alimentaires.) Elle passait aux soins. Les foutus, les éclopés, les aveugles s'assemblaient autour d'elle et de ses sœurs. Elles les soignaient vigoureusement. Puis elles entraient sous le préau où étaient couchés pêle-mêle à même le sol les malades prêts à crever. Les sœurs les soignaient et la sainte Marie-Béatrice administrait l'extrême-onction. Elle faisait un petit tour à la cuisine et toujours elle surprenait des petits malins qui se faufilaient parmi les cuisiniers, chapardaient et mangeaient crus les légumes. Elle leur foutait le coup de bâton qu'on donne aux chiens voleurs. Ils hurlaient et disparaissaient.

Puis on passait au repas ; mais avant, on remerciait le Bon Dieu d'avoir assuré le pain quotidien. Après le repas, venait l'enseignement religieux. Tout le monde écoutait l'enseignement religieux, y compris les foutus, les éclopés, les aveugles et les prêts à crever. Puis on passait aux soins ; il y avait toujours parmi les blessés des gens qui avaient besoin de deux soins par jour. Puis on passait au repas du soir si la quête de la veille avait été très fructueuse. Et venait l'interminable prière de la nuit. Avant d'aller au lit, elle visitait une dernière fois les postes tenus par des vauriens qui toujours somnolaient un peu. Et, quand elle voulait se débarrasser de la cornette et placer le kalachnikov à portée de la main et enfin aller au lit pour un sommeil bien mérité, c'était déjà quatre heures du matin et le putain de soleil prêt à se pointer sur ce maudit pays du Liberia de la guerre tribale.

Le fait que l'institution de Marie-Béatrice ait pu résister pendant quatre mois aux pillards était extraordinaire. Ça tenait du miracle. Nourrir une cinquantaine de personnes dans Monrovia pillée, abandonnée pendant quatre mois était extraordinaire. Ça tenait du miracle. Tout ce qu'avait réussi Marie-Béatrice pendant les quatre mois de siège était extraordinaire. Ça tenait du miracle. Marie-Béatrice avait fait des actes miraculeux. Elle était une sainte, la sainte Marie-Béatrice.

Malgré ce qu'on sait et dit : Allah ne laisse jamais vide une bouche qu'il a créée, tout le monde s'est étonné et tout le monde a soutenu que Marie-Béatrice était une véritable sainte d'avoir nourri tant de gens pendant quatre mois. Allons, n'entrons pas dans les polémiques, disons comme tout le monde la sainte Marie-Béatrice. Une vraie sainte ! Une sainte avec cornette et kalach ! Gnamokodé (bâtardise) !

Au début, dans le Liberia de la guerre civile, de la guerre tribale, il n'y avait que deux bandes ; la bande à Taylor et la bande à Samuel Doe. Les deux bandes s'en voulaient à mort, se combattaient sur tous les fronts. La faction du Prince Johnson n'existait pas. (Faction signifie groupe séditieux au sein d'un groupe plus important.) Le Prince faisait partie de la bande de Taylor ; le Prince était le général le plus aguerri, le plus efficace, le plus prestigieux de Taylor. Cela jusqu'au jour où le Prince eut une révélation. La révélation qu'il avait une mission. La mission de sauver le Liberia. De sauver le Liberia en s'opposant à la prise du pouvoir d'un chef de guerre qui, l'arme à la main, avait combattu pour la libération du Liberia.

A partir de ce jour, il rompit avec Taylor. Parce que Taylor voulait devenir président. Il se retira avec les meilleurs officiers de Taylor et se déclara ennemi juré de Taylor. (Ennemi juré signifie, d'après Larousse, adversaire acharné.) Samuel Doe le dictateur entendit ses fulminations à l'encontre de Taylor. (Fulminations signifie menaces.) Et Samuel Doe les crut et pensa trouver en Johnson un allié naturel, un ami avec lequel il fallait négocier. Chacun sait ce qui advint, ce que cela a coûté. Un officier fit du cœur de Samuel Doe une brochette délicieuse et le vautour royal fit de ses yeux un déjeuner raffiné un après-midi sous le ciel toujours brumeux de Monrovia.

Après la rupture avec Taylor, le Prince Johnson avait à trouver de la subsistance pour tous ceux qui l'avaient suivi. Tous ceux qui lui avaient fait confiance ; un véritable bataillon. Chacun avec son monde et sa famille. Et bien que Allah ne laisse jamais vide une bouche qu'il a créée, ça n'a pas été facile. Alors là, pas du tout ! Faforo (bangala du papa) !

Il commença par s'attaquer à un poste frontière de NPFL (le Front national patriotique) pour percevoir lui aussi les droits de douane, les droits de douane du Liberia indépendant. Il l'attaqua avec des moyens puissants ; plusieurs vagues de combattants, grenades offensives, mortiers, des canons. L'attaque dura tellement de jours que les forces d'interposition de l'ECOMOG furent alertées et eurent le temps de venir. (Alerté signifie averti d'être prêt.) Elles arrivèrent avec des moyens plus puissants encore. Ces forces ne s'interposèrent pas ; elles ne prirent aucun risque inutile. (J'explique aux Africains noirs indigènes le mot risque. Il signifie danger, inconvénient possible.) Elles n'entrèrent pas dans le détail, elles canonnèrent en pagaille assaillants et assiégés. Elles bombardèrent dans le tas, dans le bordel. Elles firent en un jour de nombreuses victimes innocentes. Plus de victimes qu'avait faites une semaine de combats entre factions rivales. Quand le fracas prit fin, les forces d'interposition relevèrent les blessés. Les blessés furent évacués sur les hôpitaux de campagne de l'ECOMOG. Elles procédèrent au constat sur le terrain. C'est leur rôle, leur mission. Elles établirent que c'était Johnson qui tenait le terrain. C'était lui le plus fort. Donc c'était Johnson qui devait exploiter le poste. Sous leur surveillance.

Dès lors, Johnson pouvait s'occuper des morts. Nous avons creusé une fosse commune pour nos morts, de nombreux morts. Parmi les morts il y eut trois enfants-soldats. Trois enfants du bon Dieu, a dit la sainte. Ce n'étaient pas des copains. Ils se nommaient : Mamadou le fou, John le fier, Boukary le maudit. Ils sont morts parce que Allah l'a voulu. Et Allah n'est pas obligé d'être juste dans toutes ses choses. Et moi je ne suis pas obligé de dire l'oraison funèbre de ces trois enfants-soldats.

La prière de l'enterrement fut dirigée par Johnson en personne. Après la prière, nous avons entouré la fosse commune et avons levé nos armes en l'air. Nous avons tiré la salve des adieux. (Salve signifie, d'après le Petit Robert, décharge simultanée d'armes à feu.)

Mais l'écho du combat pour la prise du poste frontière était arrivé un peu partout. (Écho signifie bruit, nouvelle.) Il y avait eu tellement de morts, tellement de sang, de grabuge, que tous les commerçants étrangers évitèrent le poste frontière.

Nous (c'est-à-dire nous, les membres de la bande à Johnson) avons pensé que cela était provisoire. Nous avons attendu de longues semaines. Personne ne se présenta au poste frontière. Il n'y avait rien à piller, on n'était pas payés et on mangeait toujours mal. On commençait à grogner. Des soldats commençaient à déserter. (Déserter signifie quitter son poste.) Johnson comprit ; le Prince abandonna le poste frontière. Il abandonna le poste ainsi que les tombes de ceux qui étaient morts pour l'investir. Faforo (cul de mon père) !

Le problème de ressources permanentes et sûres se posait toujours. Il fallait le résoudre. Même les grigrimen comme Yacouba commençaient à se plaindre ; ils mangeaient mal et n'étaient pas payés pour les grigris qu'ils fabriquaient. Cette fois, Johnson s'attaqua à une ville aurifère et diamantaire tenue par les partisans de Samuel Doe, ceux de ULIMO (United Liberian Movement). A sa manière (le chien n'abandonne jamais sa façon déhontée de s'asseoir). Il le fit avec des moyens puissants. Des grenades, des mortiers, des vagues sur des vagues. Les assaillants résistèrent héroïquement. Il y eut du sang, de nombreux morts. Le combat dura plusieurs jours. Les forces d'interposition de l'ECO-MOG furent alertées. Elles purent arriver. Ces forces ne s'interposèrent pas ; elles ne prirent aucun risque inutile. Elles n'entrèrent pas dans le détail, elles bombardèrent en pagaille assiégés et assaillants et les quartiers, le quartier des natives, les nègres noirs africains indigènes, le quartier des travailleurs. Quand tout fut écrasé, qu'il n'y eut plus d'action du côté des assaillants et des assiégés, les forces arrêtèrent le massacre. Les forces d'ECOMOG relevèrent les blessés. Ils furent évacués sur leurs hôpitaux de campagne. Elles apprécièrent les positions des forces en présence. C'est cela leur rôle, leur mission, leur devoir. Elles établirent que c'était Johnson qui tenait le terrain. Donc c'était Johnson qui devait tenir la ville, commander l'exploitation des mines.

On releva les morts. Beaucoup de morts. Malgré les fétiches musulmans et chrétiens, quatre enfants-soldats furent disloqués, dispersés par les obus. Ils étaient plus que morts, deux fois morts. Leurs restes furent enfouis dans la fosse commune avec les morts. Au moment de fermer la fosse commune, Johnson a pleuré. C'était marrant de voir un bandit de grand chemin, un criminel comme Johnson, pleurer à chaudes larmes tellement, tellement il était en colère contre ECOMOG. Il a revêtu l'habit de moine pour l'occasion et il a prié et il a parlé. Il a dit comme la sainte Marie-Béatrice que les enfants-soldats étaient les enfants du bon Dieu. Dieu les avait donnés, Dieu les a repris. Dieu n'est pas obligé d'être toujours juste. Merci bon Dieu. Cela valait une oraison funèbre, cela me dispensait de faire une oraison funèbre dont je n'ai pas envie. Oui, merci bon Dieu.

Mais la prise de la ville diamantaire et aurifère avait fait tellement de morts, de sang, que tout le monde avait fui la région. Personne ne voulait revenir ; les patrons associés ne voulaient plus revenir. Sans patrons associés, pas d'exploitation, pas de taxes, pas de dollars américains. Johnson se trouvait dans la situation qui avait été la sienne avant l'attaque de la ville diamantaire. Et le temps pressait, les soldats et leurs familles, les enfants-soldats, les hommes du bataillon commençaient à grogner. Ils avaient fait trop de sacrifices inutiles ; ils étaient impatients. Il fallait faire quelque chose, trouver quelque chose gnona-gnona.

Johnson revint à Monrovia. A Monrovia, tout était pillé, détruit, il ne restait que l'institution de sainte Marie-Béatrice. Seule tenait l'institution de la mère supérieure Marie-Béatrice. Elle était fière ; elle était provocante. (C'est-à-dire elle provoquait, ce qui signifie inciter quelqu'un, le défier de façon à obtenir une réaction violente.)

Et il courait… il courait mille bruits sur ce qu'enfermait l'institution. Pleine de boustifaille, pleine d'or et de nombreuses liasses de dollars américains. Tout ça enfoui dans des caves immenses qui s'étendaient, se prolongeaient.

Le Prince Johnson voulut en avoir la conscience nette. (Avoir la conscience nette, c'est savoir ce qu'il y avait de vrai dans tout ce qu'on en disait.) Johnson décida de prendre l'institution. Il commença par envoyer un ultimatum à la mère supérieure, la sainte Marie-Béatrice. (Ultimatum signifie proposition précise qui n'admet aucune contestation.) Cet ultimatum demandait à la mère de se déclarer officiellement partisane de la seule force légitime du Liberia commandée par Johnson. La mère répondit que son institution ne renfermait que des enfants, des femmes, des sœurs et quelques pauvres hères. (Hère signifie pauvre homme, misérable.) La seule chose qu'elle demandait à tout Libérien digne de ce nom, c'était un peu d'aumône, un peu de miséricorde. Elle n'avait pas à prendre parti.

Ce n'était pas une réponse, c'était un rejet. C'était une foutaise, un affront. (Affront signifie injure publique, offense.) Le Prince Johnson se fâcha et, en représailles, condamna l'institution à payer des impôts de contribution à l'effort de guerre d'un montant de trois cents

dollars américains à son gouvernement. Et immédiatement.

Ce n'était pas juste ; c'était la raison du plus fort
comme dans la fable de La Fontaine « Le Loup et
l'Agneau » que nous avons apprise à l'école. Et ce fut
au tour de la sainte de se fâcher. Elle hurla, jeta la cornette par terre, envoya paître les commissionnaires
(envoyer paître c'est congédier) :

« Allez donc dire à Johnson que je n'ai pas trois cents
dollars et qu'il me foute la paix, me laisse chercher à
manger pour les enfants, les femmes et les vieillards. Et
c'est tout. »

C'est la réponse qu'espérait le Prince. Le Prince
décida d'attaquer.

Moi Birahima, l'enfant de rue devenu enfant-soldat,
faisais partie de la première brigade chargée de l'attaque
de l'institution de la mère Marie-Béatrice. Nous étions
une dizaine d'enfants-soldats. On nous avait drogués,
mais pas beaucoup. Parce que nous devions aller doucement, sans éveiller l'attention des forces d'interposition.
Si on nous avait trop drogués, on aurait fait beaucoup
de bruit, beaucoup de bêtises. Nous étions forts parce que
nous croyions à nos fétiches. Nous avons pris d'assaut
l'institution à trois heures du matin par claire lune. Oh !
Il n'y a pas eu de surprise ; la sainte était informée.
Nous avons rencontré une vive résistance. Trois assaillants furent fauchés et les autres obligés de se coucher à
terre et de reculer. Tellement, tellement la mitraille qui
sortait de l'institution était bien nourrie. C'était la mère
elle-même, la sainte elle-même avec tout et tout qui
était à la mitraille.

Johnson fit ramasser ses morts doni-doni (ce qui
signifie doucement et doucement) et se retira. Il s'était

trompé : il avait cru que c'était une simple balade pour ses enfants-soldats. Non, c'était pas ça. Il fallait se préparer, attaquer avec plus de moyens et surtout plus de méthode et d'intelligence.

Trois enfants-soldats venaient de mourir malgré les fétiches musulmans et chrétiens. Walahé ! Nous les avons enterrés à l'aurore, en cachette. Johnson a pleuré et a prié en soutane. La sainte appelait les enfants-soldats les enfants de Dieu. Trois enfants de Bon Dieu venaient de mourir. Je devrais dire leurs oraisons funèbres, c'est cela la règle. Je n'avais pas longtemps vécu avec eux. Je ne les connaissais pas assez. Le peu que je connaissais d'eux, c'était plutôt les enfants du Diable que du Bon Dieu. Ils étaient tous les trois des filous au carré, des drogués, des criminels, des menteurs. Pour tout dire, des maudits. Je ne voulais pas dire les oraisons funèbres des maudits. Et je ne suis pas obligé de le faire. Je ne suis pas obligé : je ne le ferai pas. Gnamokodé (bâtardise) !

Johnson pensa pendant deux midis à la situation. Chaque midi, il pensa à l'institution de sainte Marie-Béatrice, agenouillé sur des cailloux, les genoux meurtris par les cailloux. La solution apparut.

La troisième nuit, il revint à l'attaque, toujours en cachette pour ne pas réveiller l'attention, le soupçon des forces d'interposition ECOMOG. Une vingtaine de soldats, au lieu d'attaquer de front, prirent à revers l'institution… Et par surprise. Oh ! la surprise ne fonctionna pas. C'était toujours la mère elle-même, la sainte, qui était au mitrailleur. Elle mitrailla fort et longtemps, sans répit, infligea de lourdes pertes aux assaillants. (Infliger, c'est faire subir quelque chose de désagréable.) Ce deuxième assaut comme le premier se termina par un échec. Il y eut un troisième assaut la nuit en cachette qui, comme le premier et le second, fit fiasco. (Fiasco signifie, d'après Larousse, échec complet.)

Alors le Prince se fâcha, il se ceintura fort. (Se ceinturer fort est une expression des noirs nègres africains qui signifie, d'après Inventaire, prendre la chose au sérieux, prendre le taureau par les cornes.) En plein jour, à midi exact, il employa l'artillerie. Les canons donnèrent et enlevèrent le clocher de l'église et détruisirent la grande bâtisse centrale à trois étages de l'institution. Alors là, la sainte fut obligée de se rendre. Elle sortit de son institution fumante, arborant un drapeau blanc. Elle était suivie par deux colonnes de sœurs avec cornettes et plein de chapelets et tout et tout, elles-mêmes suivies par une horde de miséreux.

Les forces de l'ECOMOG furent surprises par la brutalité, la soudaineté de l'attaque. (Soudaineté signifie le caractère de ce qui se produit, se fait tout à coup.) Elles crurent à une attaque d'envergure entre les factions. (Une attaque d'envergure signifie une attaque d'ampleur et de puissance.) Elles firent sonner le tocsin. Elles firent consigner tous leurs soldats, l'état-major au complet se réunit. Tout un après-midi. Quand la réunion prit fin, à leur surprise, c'était le calme plat sur Monrovia la terrible. Elles dépêchèrent une patrouille motorisée bien armée pour aller voir ce qui se passait. La patrouille arriva et trouva Johnson et la sainte la main dans la main. En train de causer comme des copains qui ont fait l'initiation ensemble.

Le Prince Johnson avait laissé la colonne avancer jusqu'à une dizaine de mètres de lui et il avait remarqué, oh ! surprise !, que la mère lui ressemblait à lui, Johnson, comme un autre lui-même. Il l'avait fait arrêter et l'avait regardée longtemps des pieds à la cornette. Rien à dire ou à faire : elle lui ressemblait. Il avait fait arracher la cornette ; la ressemblance était encore plus troublante. Ils avaient tous les deux la même corpulence, le même nez, le même front, le même occiput. Le Prince était resté un instant makou, bouche bée. (Rester bouche bée, je l'explique pour la deuxième fois, c'est être frappé d'admiration, d'étonnement, de stupeur, d'après mon Inventaire des particularités lexicales.)

Johnson avait réfléchi un instant et puis s'était libéré en se jetant au cou de la sainte et en l'embrassant sur la bouche. Après les chaudes embrassades, Johnson et la sainte s'étaient tenus par les mains et avaient bavardé comme si longtemps et longtemps ils se connaissaient.

C'est à ce moment qu'arriva la patrouille de l'ECOMOG armée jusqu'aux dents.

Johnson et la sainte bavardèrent comme si toujours ils avaient vécu ensemble. Devant tout le monde, les pauvres hères, les sœurs avec des cornettes, les guérilleros en armes. Tout ce monde tellement, tellement ébahi. (Ébahi signifie très surpris, stupéfait, d'après mon Larousse.)

Le général Prince Johnson expliqua qu'il cherchait depuis longtemps et longtemps un chef pour sa brigade féminine. Il proposa le poste à la sainte et la nomma colonel. Séance tenante, voulut lui mettre les galons. (Séance tenante signifie immédiatement.) Elle refusa le grade de colonel. C'était non ; ce n'était pas son objectif. Elle était sainte, elle préférait rester sainte. Elle préférait s'occuper des pauvres, des vieux, des vieilles, des mères sans ressources, de ses sœurs et de tous les mal-

heureux que la guerre tribale a jetés dans les rues. Johnson ne pouvait rien refuser à la sainte ; il a compris la
mère supérieure, la sainte Marie-Béatrice.

Tous les deux, toujours la main dans la main, ils se
dirigèrent vers l'institution. Ils la visitèrent, constatèrent
les dégâts énormes causés par la canonnade. Johnson se
déclara désolé, il exprima ses sincères regrets. Il était
très touché ; il a prié et a failli pleurer. Après avoir fait
trois fois le tour de l'institution, Johnson ne vit pas de
cave, ne voyait toujours pas d'entrée de cave. Rien.
Carrément, il posa la question. Maintenant que la sainte
a reconnu son pouvoir, maintenant que la sainte est
devenue une amie, la bonne gouvernance (signifie la
gestion) veut que toutes les richesses de l'institution
soient transférées au gouvernement de Johnson. La
bonne gouvernance voulait que toutes les richesses
soient gérées par le gouvernement.

« De quelles richesses parles-tu ?

– De l'or, les liasses de dollars américains, de la nourriture que vous avez dans les caves de l'institution. Où
c'est, l'entrée des caves ?

– Nous n'avons pas de caves.

– Quoi ? Vous n'avez pas de caves ! »

La mère supérieure répéta que l'institution n'avait pas
de caves. Elle répondit qu'il n'y avait rien de vrai dans
tout ce qui circulait comme bobards sur l'institution.
L'institution n'avait rien à cacher. Rien. Elle invita Johnson à vérifier. Johnson fit fouiller de fond en comble
l'institution. (Fond en comble signifie entièrement.) Les
hommes ne trouvèrent aucun dollar. Pas un seul dollar.

Johnson, toujours sceptique (sceptique signifie qui
doute de ce qui n'est pas prouvé avec évidence),
demanda :

« D'où sortais-tu les dollars avec lesquels tu faisais tous les jours les marchés ?

– L'aumône des braves gens, l'aumône des croyants. Dieu ne laisse jamais vide la bouche qu'il a créée.

– Ça alors, ça alors. (Johnson tourna sur lui-même plusieurs fois.) Ce n'est pas possible, ce n'est pas vrai. »

Johnson restait toujours sceptique, toujours sceptique. Faforo (sexe du père) ! Gnamokodé (bâtardise) !

La prise de l'institution n'avait pas résolu le problème de ressources sûres et permanentes pour la bande de Johnson. Bien au contraire, elle avait ajouté des centaines de bouches à nourrir sans augmenter les richesses. Les organisations non gouvernementales, tous les bons cœurs qui intervenaient quand la mère était indépendante, hésitèrent à aider une institution affiliée à la bande à Johnson. Les pauvres hères, les mères des enfants et les enfants eux-mêmes criaient sans cesse famine. Johnson avait une dette morale envers l'institution, la sainte mère et tous ses pensionnaires. Johnson aurait bien voulu donner à la sainte son indépendance, sa liberté. Mais c'était très tard. Tout le pays avait assisté au combat héroïque de la sainte et à sa subordination. (Subordination signifie, d'après Larousse, dépendance d'une personne par rapport à une autre.) A cause de cette subordination, il devait une aide à la sainte.

Il fallait faire gnona-gnona (dare-dare) pour la bande à Johnson, trouver quelque chose.

La Compagnie américaine de caoutchouc était la plus grande plantation d'Afrique. Elle couvrait d'un tenant près de cent kilomètres carrés. En fait, tout le sud-est du pays appartenait à la compagnie. Elle payait plein de royalties. (Royalties signifie redevance due au proprié- taire d'un brevet ou d'un sol sur lequel sont exploitées des richesses.) Les royalties étaient partagées entre les deux anciennes factions, la bande à Taylor et la bande à Samuel Doe. Johnson, quand il a fini de rompre avec Taylor, a demandé tout de suite que les royalties soient réparties en trois parts. Il avait fait prévaloir que sa fac- tion méritait elle aussi une part. (Faire prévaloir, c'est faire remporter l'avantage.) Les dirigeants de la société ne voulurent pas l'entendre de cette oreille. Ils hési- taient; ils craignaient des représailles de la part des deux factions. (Représailles signifie, d'après le Petit Robert, mesures répressives infligées à un adversaire pour se venger du mal qu'il a causé.) Ils tergiversaient, tergiversaient. (Tergiverser signifie user de détours, hésiter pour retarder une décision.) Alors Johnson décida d'agir en garçon, un garçon ayant un bangala qui bande. (Agir en garçon, d'après Inventaire des parti- cularités, c'est agir en courageux.)

Il kidnappa deux cadres blancs de la plantation. Quand il les eut en lieu sûr, il envoya un ultimatum aux dirigeants de la plantation. Dans cet ultimatum, de quoi menaçait-il? Il disait que si, dans vingt-quatre heures, il n'avait pas sa part dans les royalties, ils allaient rece- voir les deux têtes des deux blancs au bout de deux fourches portées par deux personnes. Sans faute! sans faute! Et tout le monde savait que l'illuminé Johnson en était capable; il allait le faire.

Walahé! Le soir même, trois autres cadres blancs venant de la plantation se présentèrent au portail du camp de Johnson. Ils arrivèrent en amis, mais pas les mains vides. Ils avaient avec eux des attachés-cases, six attachés-cases, deux par personne. Nous n'avons pas vu ce que ça contenait, ces attachés-cases...

Ils étaient pressés, voulaient se faire recevoir par Johnson gnona-gnona. Comme des diarrhéiques qui vont au dépotoir de derrière les cases. Johnson les reçut bien. Ils discutèrent comme des vrais copains. Ils burent la bière ensemble en copains. Johnson avec des grands éclats de rire les frappa sur les épaules. Puis les blancs sortirent du camp à cinq, trois plus deux. Il y avait les cinq têtes sur les dix épaules. Faforo (cul du père) !

Les royalties tombaient juste à la fin du mois, toutes les fins de mois. Johnson décida que cela méritait d'être fêté. On organisa une grande fête au camp. On a payé les salaires en retard. Même les enfants-soldats ont eu des dollars pour acheter du haschisch. On dansait, buvait, mangeait, se droguait. Au milieu de la fête, Johnson a fait arrêter les festivités. Il fallait songer aux morts, aux nombreux morts que nous avions laissés à la ville frontière et dans la ville diamantaire. La sainte avait été invitée en tant que colonel. Elle a refusé ; elle n'avait pas le temps. Elle s'occupait tout le temps de ses pensionnaires. Elle a préféré avoir les dollars qu'on allait utiliser pour l'inviter. Elle avait d'autres usages plus utiles pour ces dollars. Les dollars américains et non libériens lui furent remis.

Tout allait bien maintenant. Les ressources n'étaient pas suffisantes, mais elles étaient régulières et permettaient à tout le monde de manger quelque chose une fois par jour.

Mais il y avait des fretins de bandits qui voulaient se faire reconnaître comme factions. Comme des factions ayant droit à une partie des royalties et, pour cela, elles s'amusaient à entrer dans la plantation, à enlever des cadres et à demander des rançons. Les rançons leur étaient payées en dollars américains flambant neufs par les responsables de la plantation. (Flambant neufs signifie des billets neufs.)

Cette pratique condamnable des fretins de bandits donna des idées à Johnson. Johnson pouvait mettre fin à cette pratique des fretins de bandits et obtenir des salaires pour sa protection. Toucher le tiers des royalties était bien mais protéger la plantation entière contre les fretins de bandits pouvait rapporter gros. Il y réfléchit pendant de longues séances de pénitence de midi.

Un matin, Johnson en personne, flanqué de cinq 4 × 4, deux devant, trois derrière, bourrés de guérilleros armés jusqu'aux dents, se présenta au portail principal de la plantation. Il voulait se faire recevoir par le président. On l'accompagna jusqu'au président. Il discuta en ami avec le président. Il lui parla des actions des bandes des fretins de bandits. Il condamna ces actions qui font du tort à la réputation du Liberia entier. Il fallait mettre fin à ces actions et lui, Johnson, pouvait les empêcher de nuire. Il offrait ses services pour mettre fin à la pratique des fretins de bandits.

Le président, patiemment, expliqua à Johnson que lui confier la protection de la plantation, à lui, Johnson, revenait à prendre parti, revenait à reconnaître Johnson comme l'unique autorité du Liberia. Et ça il ne voulait pas. Les autres factions n'allaient pas se laisser faire.

Johnson répondit que sa protection allait être secrète ; que l'accord allait être secret. Personne ne saurait que la plantation était sous la protection de Johnson. Le président expliqua qu'il n'avait pas le droit de signer un accord secret avec une faction et qu'à la longue de toute manière ce qui était secret allait être connu par tout le monde.

Johnson ne parut pas convaincu. Pas du tout convaincu. Ça rentra au camp pensif. Pendant trois jours, à midi, pendant les séances de prière, de pénitence, ça se mit à réfléchir (on se rappelle que, chaque jour à midi, ça priait agenouillé sur des cailloux, les genoux meurtris par les cailloux). Ça se mit à rechercher d'autres moyens pour obtenir la protection de la plantation contre les fretins de bandits par un accord secret. Cet accord secret, il le fallait djogo-djogo (djogo-djogo signifie coûte que coûte). Pendant les trois jours de prière, le leitmotiv djogo-djogo retentissait autant que Jésus-Christ mon Seigneur. (Leitmotiv signifie parole, formule, qu'on répète sans cesse.) A la fin du troisième jour, un sourire éclaira son visage. Ça venait de décrocher la solution.

Deux semaines après, à la plantation, on constata la disparition de trois manœuvres. On les chercha partout en vain. Un matin, on vit Johnson en personne arriver à la plantation. Avec lui, il y avait les trois pauvres manœuvres. Les trois manœuvres étaient en caleçon. Johnson déclara en riant et en buvant la bière avec le président que ses hommes, au cours de leur patrouille de routine, avaient arraché les manœuvres aux fretins de bandits. Johnson remit les manœuvres en grande pompe au président de la plantation. (Pompe signifie déploiement de fastes dans un cérémonial.) Le président chaleureusement remercia Johnson et voulut lui donner plein de dollars. Johnson refusa les dollars. Le président n'avait rien compris.

Un mois après, disparurent trois manœuvres et deux cadres nègres noirs africains de la plantation. En vain on les chercha partout. Un matin, Johnson en personne vint à la plantation. Dans un 4 × 4 de sa suite, il y avait les cinq personnes, mais complètement nues. Johnson déclara que ses hommes in extremis avaient réussi à les arracher au supplice des fretins de bandits. (In extremis signifie au tout dernier moment.) Johnson les remit au président avec compassion. Avec compassion, parce que trois manœuvres étaient incomplets : on les avait amputés de la main droite et les deux cadres noirs africains des deux oreilles. Le président remercia deux fois Johnson, pour sa compassion et pour avoir pu arracher ses cadres et ses hommes aux fretins de bandits. Il voulut cette fois récompenser Johnson. Il y tenait absolument. Johnson, une fois encore, dédaigna les dollars américains flambant neufs. Il voyait loin, espérait plus. Le président n'avait toujours pas compris.

Un mois et deux semaines après, disparurent quatre manœuvres, trois cadres nègres noirs africains et un blanc américain de la plantation. Un vrai blanc. En vain on les chercha partout dans la forêt libérienne. Un matin, Johnson en personne vint à la plantation. Dans sa suite, dans un 4 × 4, il y avait deux cadres africains Ils étaient nus, mais n'étaient pas complets : il leur manquait les mains et les oreilles ; on les avait amputés des mains et des oreilles. Il y avait aussi un manœuvre : il était aussi incomplet. On l'avait amputé de tout son corps, il n'y avait que la tête du manœuvre placée au bout d'une perche qui restait ; tout le corps manquait. Le président hurla fort, très fort son effroi, son indignation et son horreur. (Horreur signifie impression violente que donne la vue d'une chose affreuse et repoussante.) Et Johnson, avec le sourire, déclara tranquillement que ce n'était pas fini, que les fretins de bandits détenaient quatre noirs et un blanc. Et, si ses hommes n'intervenaient pas fort, ne redoublaient pas d'effort, ce serait trop tard. On ne trouverait que des têtes, les cinq têtes au bout de cinq fourches. Alors là, le président a reçu le message cinq sur cinq. (Recevoir un message cinq sur cinq, c'est le comprendre, l'entendre entièrement.)

Le président tira Johnson par la main, l'emmena dans un bureau. Ça a discuté fort et longtemps et à la fin ça a signé tous les deux un accord secret. Au titre de cet accord, la faction Johnson contre plein de dollars protégeait toute la plantation contre les fretins de bandits. Le soir même à la plantation vint Johnson accompagné des cinq autres employés qui manquaient à l'appel. C'étaient cinq personnes ; c'étaient cinq personnes nues, mais au complet. Il ne manquait ni oreilles ni mains, ni corps entiers. Les hommes de Johnson avaient redoublé d'effort. Et djogo-djogo Johnson avait obtenu son accord secret.

Il y eut une fête au camp. Tout le monde dansa. Johnson en soutane de prêtre avec le kalach se remua cinq fois et finit par faire des culbutes, faire la danse du singe. Walahé (au nom d'Allah) ! Faforo (cul de mon pauvre père) !

Le secret en tant que secret, ça dura cinq jours ; sixième jour, tout le Liberia, de Monrovia au dernier recoin du pays, savait que Johnson avait signé un accord secret avec le président de la plantation.

Les autres factions ne se laissèrent pas faire. Alors là, pas du tout. Les chefs de ces factions aussitôt se présentèrent à la plantation et se firent recevoir par le président. Ils présentèrent leurs ultimatums écrits en due forme. (En due forme signifie rédigé conformément à la loi et revêtu de toutes les formalités nécessaires.) Le président, pour s'en sortir, décida de répartir la surveillance du contour de la plantation en trois ou quatre parts, chaque part devant être attribuée à une faction. Alors là, c'est la délimitation de ces parts qui posa un autre problème. (Délimitation signifie marquage, bornage.) Dans l'impossibilité d'obtenir un accord sur toutes propositions raisonnables venant de lui, le président déclara aux factions de s'entendre entre elles. C'était jeter un os à trois ou quatre molosses trépignants d'impatience. (Molosse signifie gros chien de garde.) Ce fut la guerre généralisée sur toute l'étendue de la plantation.

Les forces d'interposition de l'ECOMOG arrivèrent. Elles écrasèrent tout le monde sous des bombes. Et tout le monde se dispersa. Nous (c'est-à-dire le féticheur musulman, le bandit boiteux Yacouba et moi, l'enfant de rue, l'enfant-soldat sans peur ni reproche), nous nous sommes retrouvés, rejetés par sacrifices acceptés (signifie par chance), dans un village foutu du contour de la plantation. Parce que Allah n'est pas obligé d'être juste dans toutes ses choses.

Dans ce foutu village, ah! surprise!, nous avons rencontré notre ami Sekou. Sekou, l'ami de Yacouba, le multiplicateur de billets comme Yacouba. Sekou nous a donné des nouvelles de la tante. Elle était partie pied la route en Sierra Leone, chez l'oncle de Sierra Leone. Alors là, nous ne voulions plus, nous ne pouvions plus retourner chez Johnson. Par tous les moyens, il fallait aller en Sierra Leone.

V

La Sierra Leone c'est le bordel, oui, le bordel au carré. On dit qu'un pays est le bordel au simple quand des bandits de grand chemin se partagent le pays comme au Liberia ; mais quand, en plus des bandits, des associations et des démocrates s'en mêlent, ça devient plus qu'au simple. En Sierra Leone, étaient dans la danse l'association des chasseurs, le Kamajor, et le démocrate Kabbah, en plus des bandits Foday Sankoh, Johnny Koroma, et certains fretins de bandits. C'est pourquoi on dit qu'en Sierra Leone règne plus que le bordel, règne le bordel au carré. En pidgin, on appelle Kamajor la respectable association des chasseurs traditionnels et professionnels. Faforo (cul de mon père) !

Au nom d'Allah le clément et le miséricordieux (Walahé) ! Commençons par le commencement.

La Sierra Leone est un petit État africain foutu et perdu entre la Guinée et le Liberia. Ce pays a été un havre de paix, de stabilité, de sécurité pendant plus d'un siècle et demi, du début de la colonisation anglaise en 1808 à l'indépendance, le 27 avril 1961. (Un havre de paix signifie un refuge, un abri de paix.) Les choses étaient simples pendant cette longue période. Dans le pays, au point de vue administratif, il y avait deux caté-

163

gories d'individus : d'abord les sujets britanniques qui comprenaient les toubabs colons colonialistes anglais et les créoles ou créos ; et ensuite les sujets protégés constitués par les noirs nègres indigènes sauvages de la brousse. Les créos ou créoles étaient les descendants des esclaves libérés venus d'Amérique. Walahé ! Les noirs nègres indigènes travaillaient dur comme des bêtes sauvages. Les créos tenaient les emplois de cadres dans l'administration et les établissements commerciaux. Et les colons colonialistes anglais et les Libanais voleurs et corrupteurs empochaient les bénéfices. Les Libanais sont venus bien après, entre les deux guerres. Les créoles étaient des nègres noirs riches intelligents supérieurs aux noirs nègres indigènes et sauvages. Il y avait parmi eux beaucoup de licenciés en droit et d'autres diplômés supérieurs comme des docteurs en médecine.

Avec l'indépendance, le 27 avril 1961, les noirs nègres indigènes sauvages eurent le droit de vote. Et depuis, dans la Sierra Leone, il n'y a que coups d'État, assassinats, pendaisons, exécutions et toute sorte de désordres, le bordel au carré. Parce que le pays est riche en diamants, en or, en toutes sources de corruption. Faforo (sexe de mon père) !

Dès que les noirs nègres indigènes eurent l'indépendance et le droit de vote, ils amenèrent au pouvoir le seul noir nègre africain du pays qui était universitaire, le seul qui possédait une licence en droit. Il s'appelait Milton Margaï et ça s'était marié à une Anglaise blanche pour montrer à tout le monde qu'il avait définitivement rompu avec toutes les manières, tous les caractères des nègres noirs indigènes et sauvages.

Milton Margaï, lorsqu'ils l'ont mis au pouvoir, était

déjà vieux et un peu sage. Sous son règne de Premier ministre de Sa Majesté, il y eut beaucoup de tribalisme mais une corruption tolérable. Les Mendés, les ressortissants de l'ethnie du Premier ministre, étaient favorisés. Ça, c'était normal, on suit l'éléphant dans la brousse pour ne pas être mouillé par la rosée (ce qui signifie qu'on est protégé lorsqu'on est proche d'un grand).

A la mort, le 28 avril 1964, de Milton, succéda son frère Albert Margaï appelé Big Albert. Avec Big Albert, le tribalisme et la corruption ont augmenté, ont été portés à un degré tel qu'un coup d'État a éclaté le 26 mars 1967. Albert est remplacé par le colonel Juxton Smith, un non-Mendé.

La corruption continuait à sévir sous le colonel Juxton et ça n'a pas tardé. Le 19 avril 1968, le colonel Juxton est renversé par un complot de sous-officiers qui créèrent un mouvement révolutionnaire anticorruption (ACRM). Anticorruption ! (Rien que cela, Walahé !) Cela n'arrêta pas la corruption.

Le 26 avril 1968, c'est l'avènement de Siaka Stevens, de l'ethnie timba. Il veut mettre fin à la corruption et n'y parvient pas. En mai 1971, éclate un coup d'État qui chasse Siaka Stevens de sa capitale, de son palais. Il est ramené par des parachutistes guinéens. Sous la protection des parachutistes guinéens, Siaka Stevens est à l'aise.

Il crée une dictature avec le parti unique et avec plein de corruption. Siaka pend, exécute, torture les opposants. Malgré la corruption, un semblant de stabilité est obtenu. Siaka Stevens vieux, très vieux, en profite pour passer la main. Il se fait remplacer à la tête du Parti-État par le général, chef d'état-major, le général Saïdou Joseph Momoh. Le général perd la protection du contingent guinéen. Le général reconnaît lui-même, en août 1985, qu'il « ne possède pas les moyens d'éliminer le trafic de diamants ». C'est-à-dire la corruption.

Donc, pendant que la corruption continuait et que les coups d'État en chapelet se succédaient, se préparait en catimini, Walahé!, vraiment en catimini (catimini signifie en cachette), contre le régime pourri et criminel de Sierra Leone ce qui mord sans avoir de dents. (Chez les nègres africains, on appelle une surprise désagréable ce qui mord sans avoir de dents.) Ce qui allait mordre Sierra Leone sans avoir de dents s'appelait Foday Sankoh, le caporal Foday Sankoh. Le caporal Foday Sankoh a introduit un troisième partenaire dans la danse de Sierra Leone. Jusqu'ici, les choses étaient simples, très simples : il n'y avait que deux putains partenaires, deux seules putains partenaires, le pouvoir et l'armée. Quand le dictateur détenteur du pouvoir devenait trop pourri, trop riche, un militaire par un coup d'État le remplaçait. S'il n'était pas assassiné, le remplacé sans demander son reste s'enfuyait comme un voleur avec le pognon. Ce remplaçant devenait à son tour très pourri, trop riche, un autre par un autre coup d'État le remplaçait et, s'il n'était pas assassiné, il s'enfuyait avec le liriki (liriki signifie fric). Ainsi de suite. C'est ce tête-à-tête solitaire que Foday Sankoh a rompu en introduisant une troisième putain dans la danse, le peuple, le petit peuple, les indigènes noirs nègres sauvages de la brousse de Sierra Leone.

D'abord qui est Foday Sankoh, le caporal Foday Sankoh ? Gnamokodé (putain de ma mère) !

Foday Sankoh, de l'ethnie temné, est entré dans l'armée sierra-léonaise en 1956. En 1962, il décroche le galon de caporal (il n'en aura pas d'autre dans sa longue et extraordinaire carrière) et fait partie en 1963 du contingent de soldats sierra-léonais chargés du maintien de la paix au Congo. La façon franchement scandaleuse dont Patrice Lumumba (le premier président du Congo) a été éliminé lui donne la nausée, lui donne à réfléchir. Il en conclut que l'énorme machine de l'ONU sert l'intérêt des toubabs européens colons et colonialistes et jamais l'intérêt du pauvre nègre noir sauvage et indigène.

De retour chez lui, il est sensibilisé à la grande misère du petit peuple et à la corruption scandaleuse qui règne dans son pays. Il décide de s'engager dans les opérations politiques.

En 1965, il est soupçonné d'avoir participé au complot du colonel John Bangoura contre Margaï. Il est arrêté et relâché. En 1971, il est impliqué dans le coup d'État de Momoh contre Siaka Stevens. Il est arrêté et écroué pendant six longues années. Pendant ces années, il lit Mao Tsé-toung et les théoriciens de la guerre populaire et il réfléchit. Il réfléchit beaucoup et arrive à une conclusion. Ce n'est pas un coup d'État militaire au sommet qui peut mettre fin au régime pourri et salopard de Sierra Leone. Il faut plus, il faut une révolution populaire. Et il se met au service de cette révolution populaire.

Il débute dans l'est du pays et enfin s'installe à Bô, la deuxième ville de Sierra Leone. Sous le couvert de photographe, il propage ses idées jusqu'en 1990. Au début 1991, il recrute une armée de trois cents personnes. Les hommes sont appelés les combattants de la liberté, l'armée le Front révolutionnaire uni (en pidgin, l'abréviation est RUF). Il forme ses hommes ; ils deviennent des vrais combattants. Par une série de guet-apens, ces combattants se procurent l'armement moderne. L'armement moderne remplace les machettes. Le 23 mars 1991 au matin, il déclenche la guerre civile à la frontière du Liberia avec la complicité du bandit Taylor de ce pays.

Le président Joseph Momoh, surpris, s'agite. Il se plaint de Taylor, demande de l'aide aux autres États de la CDEAO, envoie des milliers de soldats à la frontière pour repousser les rebelles de RUF, chasser les « envahisseurs ». Les soldats désertent, se joignent aux combattants de la liberté du RUF. Rien ne va plus. La Sierra Leone est sur le point d'être foutue. Joseph Momoh ne tient plus : il est chassé du pouvoir par un coup d'État. Il part gnona-gnona avec le pognon. C'est le capitaine Valentine Strasser qui le remplace.

Le programme du capitaine Strasser, c'est primo la lutte contre l'hydre de la corruption (hydre signifie danger sans cesse menaçant). Et secundo la lutte contre Foday Sankoh et son RUF. Pour combattre Foday Sankoh, Strasser fait recruter quatorze mille jeunes. Ces jeunes mal nourris deviennent des sobels. C'est-à-dire des soldats dans la journée et des rebelles (bandits pillards) dans la nuit. Ils se joignent aux combattants de RUF et, le 15 avril 1995 au matin, Foday Sankoh lance une offensive à l'ouest en direction de la capitale Freetown. Et Foday Sankoh avec son RUF sans coup férir occupe la ville stratégique de Mile-Thirty-Eight et toute la région diamantaire et aurifère, les zones de production de café, de cacao, de palmiers à huile. Dès ce jour, il s'en foutra de tout ce qui adviendra désormais : il tient la Sierra Leone utile.

Walahé ! Valentine Strasser n'a plus le sou, n'a plus

rien, absolument rien. Il est embêté, très embêté, il joue le jeu de la démocratie. Il autorise les partis politiques, organise une Conférence nationale (la Conférence nationale, c'est la grande foire politique qu'on a organisée dans tous les pays africains vers 1994, au cours de laquelle chacun a raconté ce qui lui passait par la tête). Il décide avec l'ONU l'organisation d'élections libres et honnêtes. Foday Sankoh ne se laisse pas prendre au jeu de la démocratie. Non et non. Il refuse tout. Il ne veut pas de Conférence nationale, il ne veut pas d'élections libres et démocratiques. Il ne veut rien. Il tient la région diamantaire du pays ; il tient la Sierra Leone utile. Il s'en fout. Ce qu'il demande d'abord c'est l'expulsion du représentant de l'ONU, sa bête noire depuis le Congo. (Bête noire signifie personne qu'on déteste le plus.) Il ne lâchera pas les mines de diamants et d'or qu'il tient tant que le représentant de l'ONU résidera en Sierra Leone.

Valentine Strasser est embarrassé. Il ne sait que faire, il songe d'abord à protéger sa capitale et le bout de terre qu'il a encore sous son autorité. Il fait appel d'abord aux Ghurkas népalais et ensuite aux mercenaires sud-africains les « executive outcomes » de la société sud-africaine, les Boers. Il n'a pas le temps d'aller plus loin que ça ; il est renversé par Julius Manada Bio, le vice-président du conseil provisoire de gouvernement, son adjoint. Le capitaine Strasser lui-même fout le camp gnona-gnona avec le magot comme un voleur.

Voilà Manada Bio au palais le 16 janvier 1996, au palais de Lumbey Beach (c'est la résidence des présidents, des maîtres de Sierra Leone). L'ONU et les États de la CDEAO font pression sur Manada Bio. Ils l'obligent à maintenir le processus électoral du 26 février comme promis par Strasser. Le 28 janvier, il entre en discussion avec une délégation de Foday Sankoh. Foday Sankoh ne veut pas d'élections démocratiques. Il n'en veut pas ; pas du tout (il s'en fout, il tient la région utile de Sierra Leone).

Le premier tour des présidentielles a lieu quand même, malgré ses protestations. Foday Sankoh fulmine (fulminer, c'est se laisser aller à une violente explosion de colère, se laisser répandre en injures et en menaces). Avant la conclusion des pourparlers, il ne veut pas d'élections libres, il ne veut pas du deuxième tour. Comment empêcher les élections libres ? Comment empêcher le deuxième tour ? Il y réfléchit et, quand Foday réfléchit sérieusement, il ne consomme plus ni tabac ni alcool ni femmes, Walahé (au nom d'Allah) !, il se met au régime sec, il s'enferme seul des jours et des jours.

A la fin du cinquième jour de ce régime de retraite drastique (drastique signifie d'une rigueur et d'une sévérité excessives), la solution lui vint naturellement sur les lèvres, sous forme d'une expression lapidaire : « Pas de bras, pas d'élections. » (Lapidaire signifie qui est simple et concis.) C'était évident : celui qui n'avait pas de bras ne pouvait pas voter. (Évident signifie d'une certitude facile à saisir ; clair et manifeste.) Il faut couper les mains au maximum de personnes, au maximum de citoyens sierra-léonais. Il faut couper les mains à tout Sierra-léonais fait prisonnier avant de le renvoyer dans la zone occupée par les forces gouvernementales. Foday donna les ordres et des méthodes et les ordres et les méthodes furent appliqués. On procéda aux « manches courtes » et aux « manches longues ». Les « manches courtes », c'est quand on ampute les avant-bras du

patient au coude ; les « manches longues », c'est lorsqu'on ampute les deux bras au poignet.

Les amputations furent générales, sans exception et
sans pitié. Quand une femme se présentait avec son
enfant au dos, la femme était amputée et son bébé aussi,
quel que soit l'âge du nourrisson. Autant amputer les
citoyens bébés car ce sont de futurs électeurs.

Les organisations non gouvernementales virent
affluer (affluer, c'est se porter en foule vers ; c'est arriver en grand nombre) tant de manchots aux manches
courtes et longues. Elles paniquèrent et firent pression
sur Manada Bio. (Paniquer, d'après le Petit Robert,
c'est être pris de peur, d'angoisse.) Manada Bio s'agite,
veut négocier ; il lui faut une personne que Foday Sankoh puisse écouter. Une personne dont l'autorité morale
est reconnue par tout le monde. Il va frapper à la porte
du sage de l'Afrique noire de Yamoussoukro.

Ce sage s'appelle Houphouët-Boigny. C'est un dictateur ; un respectable vieillard blanchi et roussi d'abord
par la corruption, ensuite par l'âge et beaucoup de
sagesse. Houphouët prend la chose au sérieux : ça urge
(urger signifie presser). Houphouët envoie gnona-gnona
son ministre des Affaires étrangères Amara cueillir
Foday Sankoh dans son maquis (maquis signifie lieu
peu accessible où se groupent les résistants), dans la
forêt tropicale, impénétrable et sauvage.

Amara amène intact Foday Sankoh en chair et en
os au vieux dictateur de Yamoussoukro. Le vieux
dictateur l'embrasse sur la bouche et l'accueille dans un
luxe insolent (insolent signifie qui, par son caractère
extraordinaire, apparaît comme un défi à la condition
commune). Il met tout à sa disposition, lui donne plein
d'argent et l'accueille dans un luxe insolent que seul un

vieux et vrai dictateur peut offrir. Foday qui de toute sa vie n'avait jamais franchi le seuil d'un hôtel de luxe ; Foday qui de toute sa vie avait vécu à la dure jubile et est content (jubiler, c'est éprouver une joie vive). Foday a tout à profusion et consomme tout à profusion (en grande quantité). Il consomme à profusion les cigarettes, l'alcool, le téléphone cellulaire et surtout fait une consommation immodérée de femmes. (Immodéré signifie qui dépasse la mesure.) Foday, dans ces bonnes conditions, accepte le cessez-le-feu.

Le deuxième tour des présidentielles se fait quand même. Malgré les amputations des mains de nombreux citoyens sierra-léonais, le petit peuple sierra-léonais s'enthousiasme pour le vote. Il croit que le vote mettra fin à son martyre. (Martyre signifie peine cruelle, grande souffrance physique et morale.) Ce fut une illusion. Tout le monde va dans les bureaux de vote. Même les nombreux manchots et surtout les manchots. Les manchots votent quand même. Ils entrent dans l'isoloir avec un ami ou un frère pour accomplir leur devoir.

Ahmad Tejan Kabbah est élu avec 60 % des voix le 17 mars 1996. Le président élu démocratiquement est installé au palais de Lumbey Beach. Il envoie tout de suite une délégation à Yamoussoukro pour participer aux pourparlers.

Foday Sankoh ne veut pas le reconnaître. Pour lui, il n'y a pas eu d'élections, il n'y a pas de président. (Il s'en fout, il tient la Sierra Leone utile.)

Après un mois de longues discussions, on arrive à lui faire entendre raison. On discute ferme des ponctuations du communiqué final. Ce communiqué est publié. Foday Sankoh a tout accepté. On le laisse retrouver son hôtel avec le luxe insolent, l'alcool, les cigarettes, les femmes et le téléphone cellulaire.

Un mois après, dans une déclaration fracassante (fracassant signifie qui fait sensation, qui fait scandale), il rejette tout. Il n'a rien accepté, il n'a jamais reconnu les élections ; il n'a jamais reconnu Ahmad Tejan Kabbah. Il va mettre fin au cessez-le-feu.

Les négociations reprennent une deuxième fois. Elles sont serrées (menées avec précision, avec rigueur). Elles finissent par aboutir. Le communiqué final est longuement discuté, discuté point par point, discuté virgule par virgule. Le communiqué final est accepté par Foday Sankoh avec enthousiasme. Tout le monde félicite Foday Sankoh. Le vieux dictateur Boigny l'embrasse sur la bouche. On l'envoie dans son hôtel, dans le luxe insolent. Il retrouve ses habitudes, ses travers, ses vices. (Vice signifie dérèglement dans la vie sexuelle déviante par rapport à la morale.) Un mois après, patatras ! tout est remis en question. Foday n'a jamais reconnu les élections ; il n'a jamais reconnu les autorités issues des élections. Jamais ! jamais il ne reconnaîtra comme président Ahmad Tejan Kabbah. (Il s'en fout, il tient la Sierra Leone utile !)

Ceux qui ont participé aux pourparlers accourent (accourir, c'est venir en courant, en se pressant). Les négociations sont péniblement reprises. On discute dur point par point tous les aspects de l'accord. En définitive, on arrive au communiqué final. Les discussions sont plus serrées que jamais. C'est pour de bon, c'est pourquoi il faut s'entendre sur tout, sur les moindres dispositions. Tout le monde est content. Les discussions ont été difficiles, on a quand même abouti à des résultats définitifs.

Faforo (cul de mon père)! Deux mois après, alors qu'on croyait que tout était acquis, le cessez-le-feu, le processus des négociations, Foday refait surface par une déclaration tonitruante. (Faire surface, d'après Larousse, c'est émerger.) Il n'est d'accord sur rien, il n'a rien signé, il ne reconnaît rien, ni les élections, ni le président. Ses combattants reprennent le combat. (Il s'en fout, il tient la Sierra Leone utile!)

Les négociateurs accourent. Ils se pointent à l'hôtel Ivoire, dans le palace où Foday Sankoh est logé avec tous ses vices. Pas de Foday! On cherche un peu partout; dans les lieux les plus mal famés, les plus pourris de Treichville. (Treichville, quartier chaud d'Abidjan, capitale de Côte-d'Ivoire.) Pas de Foday. On croit qu'il a été enlevé. Les polices sont sur les dents. Tout le monde craint pour sa vie. Le dictateur Houphouët-Boigny est très embêté. C'est lui qui l'a logé. C'est lui qui est le responsable. Il fulmine contre sa police. On cherche et recherche. Toujours pas de Foday!

Trois semaines après, alors que les recherches se poursuivent, on apprend que Foday Sankoh est arrêté à Lagos, au Nigeria, pour trafic d'armes. Qu'est-ce qu'il est allé chercher au Nigeria? Walahé! Le dictateur du Nigeria, Sani Abacha, est l'ennemi juré de Foday Sankoh. Pourquoi est-il parti se foutre dans la gueule du caïman? De ce caïman de dictateur appelé Sanı Abacha?

Les explications se trouvent dans les jalousies entre deux dictateurs : le dictateur Houphouët-Boigny et le dictateur Sani Abacha. C'étaient les troupes de Sani Abacha qui se battaient en Sierra Leone et c'était chez Houphouët-Boigny que se tenaient les pourparlers de paix. C'étaient les compatriotes de Sani Abacha qui mouraient en Sierra Leone et c'était de Houphouët qu'on parlait dans les journaux internationaux ; c'était lui qui était considéré comme le sage de l'Afrique noire. Comme dit un proverbe des noirs nègres indigènes, c'est Sani Abacha qui était sous la pluie et c'était Houphouët-Boigny qui tirait les poissons de la rivière. Ou, comme on le dit en français, c'était Houphouët qui tirait les marrons du feu. Pour mettre fin à cette situation, le dictateur Sani Abacha a tendu un vrai guet-apens à Foday Sankoh. Il a envoyé à Abidjan un agent secret qui en catimini a proposé à Foday un marché de dupes (de personnes trompées). Il a demandé à Foday Sankoh de monter en cachette sur Lagos. Sani Abacha le recevrait et discuterait secrètement avec lui les meilleures conditions de faire partir de Sierra Leone les troupes de l'ECOMOG du Nigeria. Foday Sankoh se laissa prendre au traquenard. Lorsqu'il arriva à Lagos, il fut arrêté comme trafiquant d'armes. Enfermé, crac !, à double tour. Foday sous le verrou, éliminé, on a commencé à prendre langue sur le terrain avec ses adjoints. On pensait que ceux-ci seraient plus malléables (malléable signifie docile). Mais ses adjoints refusent de collaborer. Ils refusent la moindre discussion sans leur leader. Et Foday de sa prison fait entendre le gros tambour de sa voix. Elle est rocailleuse et résonnante, elle dit non, toujours non et non.

Le dictateur Sani Abacha, embarrassé, ne sachant ce qu'il faut faire de l'encombrant Foday Sankoh (d'après le Petit Robert, encombrant signifie qui gêne), le remet aux autorités sierra-léonaises, au président élu de Sierra Leone Ahmad Tejan Kabbah. Kabbah Tejan met Foday Sankoh au régime dur et sec. Il l'enferme à double tour, lui supprime tout, les femmes, les cigarettes, l'alcool et les visites. Foday dit toujours non et non. Il ne veut rien comprendre, rien céder. On fait appel au nouveau sage de l'Afrique, au nouveau doyen d'âge des dictateurs africains, le dictateur Eyadema. Le vieux dictateur Houphouët-Boigny qui, depuis des lustres, remplissait ce rôle a cassé la pipe entre-temps. (Casser la pipe, c'est crever.) Il a laissé après lui à ses ayants droit une des plus colossales fortunes d'Afrique noire, plus de trois mille cinq cents milliards de francs CFA !

Nous sommes là en 1994, anticipons (anticiper, c'est dire avant le temps).

Le nouveau sage de l'Afrique, le dictateur Eyadema, fera venir Foday Sankoh à Lomé, capitale du Togo. Il le rétablira dans tous ses droits, ses vices. Il lui donnera tout : les femmes, les cigarettes, le cellulaire et le grand palabre. Il sera libre dans ses mouvements. On reprendra à zéro les discussions. Le bandit Foday Sankoh dira encore non, toujours non. Il ne voudra pas reconnaître les autorités élues. Il ne voudra pas de cessez-le-feu. Il ne voudra rien. (Il s'en foutra, il tiendra la Sierra Leone utile.)

Alors le dictateur Eyadema aura une idée géniale, une idée mirifique. Cette idée sera activement soutenue par les USA, la France, l'Angleterre et l'ONU. Cette idée consistera à proposer un changement dans le changement sans rien changer du tout. Eyadema proposera avec l'accord de la communauté internationale au bandit Foday Sankoh le poste de vice-président de la République de Sierra Leone, avec autorité sur toutes les mines que Foday Sankoh avait acquises avec les armes, avec autorité sur la Sierra Leone utile qu'il tenait déjà. C'est-à-dire un grand changement dans le changement sans changement. Sans changement dans le statut du bandit : il ne sera intenté au bandit aucun procès. Sans changement dans la richesse du bandit. Dans la mesure où il y aura une amnistie générale, Foday répondra oui, tout de suite oui et oui. On lui cassera pas les oreilles, on l'emmerdera pas avec des histoires, il répondra oui. Il reconnaîtra les autorités. Il acceptera le cessez-le-feu. Il acceptera le désarmement des combattants de la liberté. Tant pis pour les « manches courtes » et les « manches longues », tant pis pour les pauvres hères.

C'est ainsi, c'est à ce prix, que le bandit Foday Sankoh rentrera à Freetown avec la double casquette de vice-président de la République démocratique et unitaire de la Sierra Leone et de gestionnaire des mines de Sierra Leone. C'est par ce stratagème politique qu'on arrivera à mettre fin à la guerre tribale en Sierra Leone. Faforo (sexe de mon père) ! Gnamokodé (bâtardise) ! Mais nous n'en sommes pas encore là.

Tout cela est arrivé bien après, beaucoup bien après. Après que nous avons bourlingué dans la zone occupée par Foday Sankoh et ses combattants de la liberté. (Bourlinguer, d'après Larousse, signifie mener une vie d'aventures.) Et nous c'est nous (c'est-à-dire Yacouba le bandit boiteux, le multiplicateur des billets de banque, le féticheur musulman, et moi Birahima, l'enfant de la rue sans peur ni reproche, the small-soldier).

Nous étions à la recherche de la tante. Elle avait quitté le Liberia, avait voulu rejoindre l'oncle de Sierra Leone. Walahé !

Nous avons commencé à bourlinguer dans cette zone juste deux semaines après le 15 avril 1995. Le 15 avril, c'est la date de l'offensive éclair de Foday Sankoh qui lui a permis de mettre K.-O. les autorités sierra-

léonaises et d'avoir la main sur la Sierra Leone utile.
Nous avons été pris par les combattants de la liberté du
RUF dans l'agglomération appelée Mile-Thirty-Eight, à
peu près à trente-huit miles de Freetown. Freetown c'est
la capitale de ce foutu et maudit pays de la Sierra
Leone.

Le général maître absolu des lieux et des hommes qui
nous a capturés dans Mile-Thirty-Eight s'appelait Tieffi.
Le général Tieffi ressemblait trait pour trait à Foday
Sankoh. La même barbe grisonnante, le même bonnet
phrygien de chasseur, la même joie de bien vivre, les
mêmes sourires et rires ébouriffants. (Ébouriffant signifie qui est extraordinaire au point de choquer.)

Tout de suite, il a voulu nous envoyer dans l'abattoir ;
c'est le coin où on coupait les mains et les bras des
citoyens sierra-léonais pour les empêcher de voter. Heureusement, Yacouba a senti. Il a décliné sa fonction de
grigriman fortiche contre les balles et a présenté sa
fausse carte d'identité de citoyen de Côte-d'Ivoire.
Tieffi a été heureux de nous savoir ivoiriens. Il aimait
Houphouët-Boigny, le président de la Côte-d'Ivoire.
Parce que Houphouët était riche et sage et avait
construit une basilique. Il a dit que nous avions la
chance, que, si nous étions guinéens, même étrangers,
on allait nous couper les mains quand même, parce
que la Guinée se mêlait des affaires intérieures de
Sierra Leone. Yacouba a bien serré contre lui nos
cartes d'identité guinéennes qu'il avait eu le flair de
ne pas présenter. (Flair signifie aptitude instinctive à
prévoir.)

Yacouba fut envoyé peinard dans les maisons des grigrimen où on mange bien. Il s'est mis au travail. Il a fait
un grigri incomparable pour le général Tieffi.

Moi, l'enfant de la rue sans peur ni reproche, je fus tout de suite intégré dans les brigades des enfants-soldats avec kalach et tout et tout.

J'ai voulu devenir un petit lycaon de la révolution C'étaient les enfants-soldats chargés des tâches inhumaines. Des tâches aussi dures que de mettre une abeille dans les yeux d'un patient, dit un proverbe des nègres noirs indigènes et sauvages. Tieffi avec le sourire débordant m'a demandé :

« T'as connaître ce que c'est un lycaon ? »

J'ai répondu non.

« Eh bè, les lycaons, c'est les chiens sauvages qui chassent en bandes. Ça bouffe tout ; père, mère, tout et tout. Quand ça a fini de se partager une victime, chaque lycaon se retire pour se nettoyer. Celui qui revient avec du sang sur le pelage, seulement une goutte de sang, est considéré comme blessé et est aussitôt bouffé sur place par les autres. Voilà ce que c'est. C'est pigé ? Ça n'a pas pitié. T'as ta mère sur place ?

— Non.

— T'as ton père sur place ? »

J'ai répondu encore non.

Tieffi a éclaté de rire.

« T'as pas de chance, petit Birahima, tu pourras jamais devenir un bon petit lycaon de la révolution. Ton père et ta mère sont déjà morts et bien enterrés. Pour devenir un bon petit lycaon de la révolution, il faut d'abord tuer de tes propres mains (tu entends, de tes propres mains), tuer un de tes propres parents (père ou mère) et ensuite être initié.

— Je pourrais être initié comme tous les petits lycaons. »

Il a encore éclaté de rire et il a déclaré :

« Non et non. T'es pas un Mendé, tu comprends pas

mendé, t'es un Malinké. Les cérémonies de l'initiation se dansent et chantent en mendé. A la fin de la cérémonie, une boule de viande est consommée par le jeune initié. Cette boule est faite par les sorciers avec beaucoup d'ingrédients et sûrement de la chair humaine. Les Malinkés répugnent (répugner, c'est éprouver de l'aversion, du dégoût) à avaler cette boule, les Mendés pas. Dans les guerres tribales, un peu de chair humaine est nécessaire. Ça rend le cœur dur et dur et ça protège contre les balles. La meilleure protection contre les balles sifflantes, c'est peut-être un peu de chair de l'homme. Moi Tieffi, par exemple, je vais jamais au front, à un combat sans une calebassée (un bol) de sang humain. Une calebassée de sang humain revigore ; ça rend féroce, ça rend cruel et ça protège contre les balles sifflantes. »

L'initiation du petit lycaon se fait dans un bois. Il porte des jupes en raphia, ça chante, danse et ça coupe fort les mains et les bras des citoyens sierra-léonais. Ça consomme après une boule de viande, une boule de viande qui est sûrement de la chair humaine. Cette boule sert de délicat et délicieux repas de fin de fête aux initiés. Gnamokodé (putain de ma mère) !

Je ne pouvais pas faire partie de l'élite des enfants-soldats, les petits lycaons. Je n'avais pas droit à la double ration de nourriture, aux drogues à profusion et au salaire triplé des lycaons. J'étais un paumé, un vaurien.

J'étais dans la brigade chargée de la sécurité des mines. Ceux qui travaillaient dans les mines étaient des demi-esclaves. Ils étaient payés mais n'étaient pas libres de leurs mouvements.

Revenons au gouvernement, à la politique générale de ce fichu pays de maudits et de cacabas (fous).

Ahmad Tejan Kabbah est élu avec 60 % le 17 mars 1996. Le président élu démocratiquement est installé au palais Lumbey Beach le 15 avril. Dans ce palais, il se trouve seul face à son destin c'est-à-dire, comme tous les présidents démocratiquement élus, seul face à l'armée sierra-léonaise. Les fantômes de tous les prédécesseurs qui se sont enfuis ou ont été assassinés dans le lieu hantent le palais. Il ne peut y dormir ; il n'y dort que du sommeil du caïman, un œil semi-ouvert. Il réfléchit beaucoup au moyen de rompre le tête-à-tête offusquant avec la capricieuse armée sierra-léonaise. (Offusquant, qui indispose par des actes.)

Or, depuis le dixième siècle, il se trouve en Sierra Leone, comme dans tous les pays de l'Afrique de l'Ouest, une franc-maçonnerie (franc-maçonnerie signifie association ésotérique et initiatique) groupant les chasseurs, ces grands initiés, ces puissants magiciens et devins, c'est le Kamajor. Il pense au Kamajor, cette association des chasseurs traditionnels et professionnels. Il les fait venir au palais. Kabbah discute ferme avec les chasseurs. Les chasseurs acceptent de se mettre au service du palais. Les anciens fusils de traite des chasseurs sont remplacés par des kalach modernes. A partir de ce jour, Kabbah le président élu peut dormir les yeux complètement fermés, dormir du sommeil du bébé de la laitière. (Le bébé de la laitière dort en paix parce qu'il sait qu'il aura du lait quoi qu'il arrive.) Il y eut dès ce jour dans le pays deux camps et cinq partenaires. Dans le premier camp, le pouvoir élu démocratiquement, l'armée sierra-léonaise commandée par le chef d'état-major Johnny Koroma, l'ECOMOG (les forces d'interposition qui ne s'interposent pas) et le Kamajor ou les chasseurs traditionnels. Le deuxième camp était constitué par le RUF de Foday Sankoh. Autrement dit tout le monde contre Foday Sankoh. Il y avait bien cinq partenaires et deux camps. Mais chaque partenaire allait et venait dans cette vaste Sierra Leone. Chaque partenaire pressurait le peuple sierra-léonais jusqu'à la dernière goutte. (Pressurer, c'est exploiter.)

Nous étions à Mile-Thirty-Eight. (Nous c'est-à-dire le bandit boiteux et moi, l'enfant de la rue sans peur ni reproche.) Dans le fief de la RUF, dans le fief de Foday Sankoh.

Un soir, dès le coucher de la lune, des chuchotements et chuintements commencèrent à se produire dans les forêts environnantes et aux abords des baraquements. Des coups de feu des sentinelles éclatèrent. Personne n'y prêta attention. Tout le monde a continué à dormir du sommeil du champion lutteur sénégalais qui a vaincu tous ceux de sa génération. Des coups de feu, il y en avait toutes les nuits parce qu'il y avait toutes les nuits des voleurs qui rôdaient du côté des mines. Ces coups de feu sporadiques n'arrêtèrent pas les chuchotements. (Sporadique signifie qui existe de temps en temps.)

Dès les premières lueurs du jour, tout autour du village, des coups de kalach nourris se firent entendre alors qu'en même temps retentissait le chant des chasseurs, repris en chœur par des milliers de voix. Nous étions attaqués et encerclés par les kamajors. A leur manière, ils étaient arrivés dans la nuit, nous avaient encerclés avant de donner l'assaut au lever du jour. Nous étions surpris. Nous savions que les balles ne pénétraient pas les chasseurs. Les soldats-enfants de la brigade affolés criaient partout : « Les balles ne les pénètrent pas ! Les balles ne leur disent rien ! » Et les gens s'enfuyaient dans tous les sens, dans un géant sauve-qui-peut bordélique. Avant midi, ils coupèrent toutes les routes, occupèrent toutes les installations. Nos chefs avaient disparu.

Les chasseurs, les kamajors, organisèrent une fête comme ils le font chaque fois après une victoire. Ils avaient des kalach, c'est tout ce qu'ils avaient de moderne. Leurs habits consistaient en des tuniques auxquelles étaient agrafés des milliers d'amulettes, des gris-gris, des griffes et des poils d'animaux, et ils étaient tous coiffés de bonnets phrygiens. Ils chantaient à haute voix, dansaient en tirant en l'air.

Après la fête, ils occupèrent les lieux, les baraquements, les mines. Ils nous regroupèrent ; nous les prisonniers. J'étais prisonnier ainsi que mon protecteur Yacouba. Nous étions prisonniers des kamajors.

L'assaut des chasseurs traditionnels et professionnels a coûté la vie à six enfants-soldats. Je m'impose le devoir de dire l'oraison funèbre d'un parmi les six ; parce que c'est celui qui était mon ami. La nuit, dans les baraquements, il a eu le loisir de me raconter plusieurs fois son parcours. (Parcours signifie, d'après le Petit Robert, trajet suivi par quelqu'un.) Je dis son oraison funèbre à lui seul parce que je ne suis pas obligé de dire les oraisons funèbres des autres. Je ne suis pas obligé, comme Allah n'est pas obligé d'être toujours juste dans toutes ses choses.

Parmi les morts, il y avait le corps de Johnny la foudre.

Sans blague ! Sans blague ! Lui Johnny la foudre,

c'est le gnoussou-gnoussou de la maîtresse qui l'a perdu, l'a amené aux soldats-enfants. (Gnoussou-gnoussou signifie, d'après Inventaire des particularités, le con, le sexe de femme.) Oui c'est le sexe de la maîtresse qui l'a conduit aux enfants-soldats. Et voilà comment.

Le vrai nom de Johnny la foudre était Jean Bazon. Il s'appelait Jean Bazon quand il était à l'école de Man avant d'entrer aux soldats-enfants. Au cours élémentaire deux, il y avait une estrade. Le bureau de la maîtresse se trouvait sur l'estrade. Il faisait chaud, très chaud, et la maîtresse se laissait aller, elle prenait de l'air entre les jambes, elle ouvrait ses jambes. Trop largement. Et les enfants s'amusaient à passer sous les tables-bancs pour admirer le spectacle que ça offrait. Toutes les occasions étaient bonnes. On en riait pendant la récréation à gorge déployée (signifie bruyamment, sans retenue).

Un matin, en pleine classe, le crayon de Jean tomba. Machinalement, sans aucune mauvaise intention (absolument pas), il s'est courbé pour ramasser son crayon. Mais, ce jour-là, c'était pas sa chance, c'était l'occasion qu'attendait la maîtresse. On venait de l'informer ou elle venait de remarquer le manège. Elle est devenue hystérique, enragée. (Hystérie signifie grande excitation portée jusqu'au délire.) « Vicieux ! Salaud ! Vicieux ! » criait-elle. Et tout y est allé : la règle, les mains, les pieds. Elle a battu violemment Bazon comme une brute. Jean Bazon a fui. La maîtresse a lancé à sa suite un dégingandé nommé Touré. A quelque cent mètres, Jean Bazon s'est arrêté. Il a ramassé un caillou et vlan ! l'a envoyé en plein visage de Touré. Touré est tombé, tombé comme un fruit mûr, tombé mort. Jean a continué sa course folle jusqu'à la maison chez sa tante. « J'ai tué un camarade, j'ai tué quelqu'un. » La tante affolée a caché Jean chez un voisin. La police est venue chercher le jeune délinquant. « On l'a pas vu ici depuis hier », a dit la tante.

Dans la nuit, Jean a quitté la ville de Man pour se réfugier dans un village voisin sur la route de la Guinée. Là, il a pu prendre incognito un camion pour rejoindre un oncle en Guinée à N'Zérékoré. (Incognito signifie sans se faire connaître.) Le voyage n'a pas été paisible. Le camion a été arrêté par des coupeurs de route à la frontière libériano-guinéenne avec des kalach. Et les coupeurs de route ont tout pris. Ils ont même pris des pièces du camion. Des guérilleros sont arrivés à ce moment-là. Les coupeurs de route ont pris la fuite. Les passagers ont été récupérés par les guérilleros et conduits dans leur camp. Aux passagers les guérilleros ont demandé à ceux qui le désiraient de retourner à pied à Man ; c'était à deux jours de marche. Bazon s'est dit : « Moi à Man, jamais, jamais, je veux être un soldat-enfant. » Et c'est ainsi que Jean Bazon est entré dans les soldats-enfants où il devint Johnny la foudre.

Comment Jean Bazon devint Johnny la foudre est une autre histoire et une longue histoire. Je n'ai pas le goût de raconter parce que je ne suis pas obligé de le faire. Le corps de Johnny la foudre était là couché et ça me faisait mal, très mal. Je pleurais à chaudes larmes de voir Johnny couché, mort comme ça. Tout ça parce que les balles ne pénètrent pas les chasseurs et que Johnny n'a pas su plus tôt que c'étaient les chasseurs qui atta-quaient. Walahé ! Walahé ! Bisi milaï ramilaï (au nom d'Allah le clément et le miséricordieux) !

Il y avait à Mile-Thirty-Eight des filles et des femmes. Les femmes faisaient la cuisine ; les filles étaient des enfants-soldats comme nous. Les filles constituaient une brigade spéciale. La brigade était commandée par une garce de matrone à la mitraillette rapide (matrone, femme corpulente aux manières vulgaires). Elle s'appelait la sœur Hadja Gabrielle Aminata.

La sœur Hadja Gabrielle Aminata était tiers musulmane, tiers catholique et tiers fétichiste. Elle avait le grade de colonel parce qu'elle avait une grande expérience des jeunes filles pour avoir excisé près de mille filles pendant vingt ans. (Exciser, c'est au cours de l'initiation amputer les jeunes filles du clitoris.)

Les filles étaient regroupées et vivaient dans un ancien collège de jeunes filles et son internat de Mile-Thirty-Eight. L'ensemble était constitué par une dizaine de bâtiments construits sur une concession rectangulaire. (Concession signifie terrain clos ou non servant d'habitation, d'après Inventaire des particularités.) La concession était flanquée à chaque angle d'un poste de combat protégé par des sacs de sable. Les postes de combat étaient tenus nuit et jour par des filles-soldats Le tout était limité, l'ensemble était entouré par des pieux qui hissaient des crânes humains. C'est la guerre tribale qui voulait ça. C'était une sorte de pensionnat où sœur Aminata faisait régner une discipline de fer.

Le réveil avait lieu à quatre heures du matin. Toutes les jeunes filles faisaient leurs ablutions (lavage du corps pour purification religieuse) et courbaient la prière musulmane, que la pensionnaire soit musulmane ou non. Parce que le réveil de bonne heure revigore la jeune fille et que les ablutions matinales chassent la persistante odeur de pipi que sentent toujours les petites filles nègres noires et indigènes. Après la prière collective, on passait aux corvées de nettoyage de l'établisse-

ment et ensuite aux exercices physiques suivis des
séances de maniement des armes. Sœur Aminata gueulait fort pendant les séances de maniement d'armes et
bousculait les filles qui manœuvraient mollement.
(Manœuvrer, c'est manier de façon à faire fonctionner.)
Après, toutes les filles s'alignaient et, au pas cadencé,
allaient en chantant les airs patriotiques sierra-léonais à
la rivière. Là tout le monde se baignait à grande eau en
jouant. On retournait au camp retranché au pas cadencé
et en chantant des chants patriotiques comme à l'aller.
Après le déjeuner, les filles passaient au quotidien :
cours d'alphabétisation, de couture et de cuisine. Sœur
Aminata, armée de son kalach, avait l'œil à tout.

Pendant sa riche carrière d'exciseuse, sœur Gabrielle
Aminata s'était refusée, carrément refusée, à exciser
toute fille qui avait perdu sa virginité. C'est pourquoi
elle s'était mis dans la tête pendant cette période trouble
de la guerre tribale de protéger, quoi qu'il arrive, la vir
ginité des jeunes filles en attendant le retour de la paix
dans la patrie bien-aimée de Sierra Leone. Et cette protection, elle l'accomplissait avec le kalach. Cette mission de protection de la virginité avec le kalach était
accomplie avec beaucoup de rigueur et sans le soupçon
d'une petite pitié. Elle était pour les filles de la brigade
une sorte de grande sœur et de mère. Elle était jalouse et
protégeait les filles de la brigade contre toutes les
approches, même celles des chefs comme Tieffi. Elle
mitraillait les filles qui se laissaient aller. Elle mitraillait
sans pitié ceux qui violaient les filles.

Un jour, entre trois campements des travailleurs des
mines, on a découvert une jeune fille violée et décapitée. On a fini par trouver que la malheureuse s'appelait

Sita et qu'elle avait huit ans. Sita avait été tuée d'une façon qu'il ne fallait pas voir, abominable. Même une personne qui vit dans le sang comme la sœur Hadja Gabrielle Aminata a pleuré à chaudes larmes en la découvrant.

On a hâtivement cherché le responsable du forfait pendant une semaine, toute une semaine entière. En vain, rien ne sortit des investigations. (Investigations signifie recherches attentives et suivies.)

Au début de la semaine suivante, les choses commencèrent à se gâter. Des travailleurs des trois campements qui s'aventuraient dans la nuit hors des campements pour des besoins pressants ne revenaient plus, jamais plus. On les trouvait le lendemain matin tués, asexués (sans sexe) et décapités comme la malheureuse Sita avec en prime un billet portant : « Par le dja, l'âme vengeresse de Sita. » Les habitants des campements s'affolèrent. On dépêcha des enfants-soldats pour les garder. Rien n'arrêta le massacre. Les enfants-soldats étaient chaque soir maîtrisés par des gens masqués qui venaient enlever les habitants des campements. Les enlevés étaient trouvés le matin tués, asexués et décapités comme la petite Sita avec en prime le billet « par le dja de Sita ».

Les ouvriers firent grève, certains allèrent se réfugier dans d'autres campements voisins. Ça n'a pas suffi, ça n'a pas marché : la mort était à leurs trousses partout où ils allaient.

C'était au temps du général Tieffi. Le général Tieffi qui était le maître absolu des hommes et des lieux a mené son enquête, a fini par comprendre. Il a appelé une assemblée des habitants des baraquements. A cette assemblée, furent invitées la sœur Gabrielle Aminata et ses plus proches collaboratrices. Elles arrivèrent toutes avec des kalachnikov, le colonel était dans une tenue de hadja, c'est-à-dire dans la tenue d'une femme musulmane rentrant de La Mecque. Elle avait le kalach sous les froufrous des pagnes. Ça c'est la guerre tribale qui veut ça.

On discuta ferme tout un après-midi. Au soleil couchant, les habitants des baraquements finirent par désigner parmi eux un pauvre hère. C'était lui le responsable de la mort de la petite Sita. C'était lui et pas un autre. On le remit à sœur Gabrielle Aminata. Ce qu'elle fit du pauvre hère n'a pas besoin d'être dit. Je ne suis pas obligé de tout dévoiler dans ce blablabla, faforo (bangala du papa) !

Quand les kamajors arrivèrent à Mile-Thirty-Eight, certains, parmi eux, en voyant tant de jeunes filles vierges assemblées dans un seul lieu, bavèrent d'envie, sautèrent de joie. Il y avait là beaucoup de filles à marier. Sœur Gabrielle Aminata se fit tout de suite recevoir par le général maître chasseur qui commandait le régiment des chasseurs. Elle lui expliqua qu'elle n'avait pas de filles à marier, mais des filles à maintenir dans la bonne voie. Elle voulait sauvegarder la virginité de toutes ses pensionnaires jusqu'à la paix. La paix revenue, elle allait les exciser avant de les remettre aux familles. Elles seraient alors prêtes pour des mariages décents (bienséants, convenables, d'après le petit Robert). Elle a mis en garde. Elle tuerait sans sommation et sans pitié tout chasseur qui essaierait de dévergonder une de ses filles. La menace fit éclater de rire les chasseurs libidineux. (Libidineux, qui cherche constamment sans pudeur les plaisirs sexuels.)

Un jour, une fille s'aventura en dehors de l'enceinte. Elle allait raccompagner sa mère qui lui avait rendu visite. Des chasseurs libidineux la prirent en chasse, l'arrêtèrent, la conduisirent dans une cacaoyère. Dans la cacaoyère, ils la violèrent en un viol collectif. Sœur Aminata trouva la fille abandonnée dans son sang. Elle s'appelait Mirta, elle avait douze ans. Sœur Aminata Gabrielle alla voir le généralissime maître chasseur commandant tous les chasseurs de Sierra Leone. Le généralissime promit une enquête. L'enquête n'avançait pas. Un chasseur nuit et jour tournicotait (tournait sans but précis) autour de la caserne des filles. Sœur Aminata le soupçonna fortement. On l'appâta. (Appâter, c'est attirer, allécher.) On fit sortir une fille ; elle flâna autour de la caserne. Le chasseur, sous la menace du kalach, l'amena à la cacaoyère. Et au moment où le libidineux allait se jeter sur la flâneuse, des filles fortement armées sortirent de la forêt et l'arrêtèrent. On tortura le chasseur et on le fit avouer. Il avait participé, bien participé au viol collectif de Mirta. D'une rafale, sœur Aminata Gabrielle le fit taire, alors là définitivement. On jeta le corps par-dessus les murs de l'enceinte dans une rue environnante en criant à la cantonade : « Il a participé au viol de Mirta ! » (A la cantonade, c'est crier sans s'adresser à une personne précise.) Les chasseurs, en voyant le corps de leur compagnon, crièrent au scandale (dénoncer une chose comme choquante, insupportable). Ils se révoltèrent et s'attaquèrent au camp retranché de sœur Gabrielle. Ils l'assiégèrent nuit et jour. Par trois fois en une nuit, sœur Gabrielle en personne sortit du camp retranché et sema la terreur parmi les chasseurs. A chaque sortie, elle tua au moins trois chasseurs. Les chasseurs en colère vinrent avec une automitrailleuse.

Sœur Aminata, dans sa tenue de hadja, le kalach à la main, put ramper jusqu'à l'automitrailleuse, monta sur l'engin et voulut tuer le serveur. Mais un chasseur embusqué tira. Elle dégringola morte. Elle était morte en brave.

Le corps de sœur Aminata Gabrielle mit l'association des chasseurs sierra-léonais dans un embarras extraordinaire. Sœur Aminata Gabrielle était une femme, mais une femme qui était morte en héroïne de guerre. Le code d'honneur des chasseurs exige que ceux qui meurent en héros de guerre soient traités comme des maîtres chasseurs, soient enterrés avec les honneurs de maîtres chasseurs. Or, en règle générale, une femme ne pouvait pas être enterrée comme un maître chasseur. La question fut posée au généralissime des chasseurs. Sa réponse fut sans ambiguïté (sans équivoque, sans obscurité). Bien que femme, elle avait tenu un siège de deux semaines contre deux régiments de chasseurs ; elle avait tué dans des sorties nocturnes neuf chasseurs et elle était morte sur une automitrailleuse. Elle méritait amplement les funérailles des héros, des maîtres chasseurs. Et cela quel qu'ait pu être son sexe.

C'est pourquoi sœur Aminata a eu les funérailles de maître chasseur, de grand maître chasseur.

Dès le moment où elle était considérée comme maître chasseur, elle était censée posséder beaucoup de nyamans. (Nyamans signifie les âmes vengeresses des hommes et des animaux qu'on a tués.) Il fallait les recueillir et on les a recueillis dans une petite gourde. Le sora, le griot des chasseurs, est venu déclamer son oraison funèbre. Les chasseurs par ordre d'ancienneté ont fait le tour du corps. Pendant que le sora chantait des versets ésotériques, les chasseurs ont continué à

faire le tour du corps en portant le fusil de traite en dia-
gonale sur la poitrine et en rythmant le chant par des
balancements du buste, une fois à gauche et une fois à
droite.

Après la danse, le cadavre a été porté immédiatement
au bord de la tombe. Trois maîtres chasseurs sont venus
se pencher sur la tombe de sœur Aminata. Ils ont extrait
et recueilli le cœur. Ils sont partis avec le cœur en
dehors de la cérémonie. En dehors de la cérémonie, le
cœur a été frit (frit signifie cuit dans de l'huile) et mis
dans un bain d'huile à l'intérieur d'un canari (canari
signifie pot de terre). Et le canari a été hermétiquement
fermé et enfoui dans le sol.

Dès que les trois maîtres chasseurs sont partis, les
chasseurs ont donné adieu à sœur Hadja, Gabrielle,
Aminata, l'exciseuse, la brave qui était ensevelie avec
les honneurs de maître chasseur. Tous les chasseurs
ont donné adieu en déchargeant leurs fusils de traite
dans une fosse parallèle à la tombe. Ce qui a produit un
nuage de fumée extraordinaire. Pendant que la tombe
était encore fumante et tout le monde perdu dans la
fumée, on a ramené la terre sur le corps de sœur Aminata Gabrielle.

Avec le crépuscule, a commencé la veillée dans le lieu
où avait vécu sœur Aminata Gabrielle. Au cours de la
veillée, les chasseurs ont parlé de la défunte comme si
elle était encore vivante. Quarante jours après le décès,
a lieu un rite destiné à purifier et rafraîchir l'âme du
défunt. La gourde a été brûlée.

Chaque année, entre début mars et fin mai, la confrérie des chasseurs organise le donkun cela. Le donkun
cela ou rites des carrefours est la plus importante
fête de la confrérie. Au cours de cette fête, un repas en

commun est pris par tous les membres de la confrérie. A la fin de ce repas, sont déterrés les dagas conons. Les dagas conons, ce sont les canaris contenant les cœurs frits des braves chasseurs. Ces cœurs sont consommés par l'ensemble des chasseurs en secret. Cela donne de l'ardeur et du courage.

C'est pourquoi on dit, tout le monde dit que le cœur de sœur Aminata Gabrielle, colonel de l'armée sierra-léonaise, a servi comme dessert délicat et délicieux d'une fin de fête bien arrosée. (Repas bien arrosé signifie repas au cours duquel on a bu beaucoup de bière de mil.) Faforo ! Gnamokodé !

VI

Dès que les chasseurs traditionnels et professionnels ont mis les mains sur la région de Mile-Thirty-Eight, nous et le bonheur avons cessé d'être dans le même village. (C'est comme ça disent les indigènes nègres noirs pour raconter que nous avions perdu le bonheur.) Nous, c'est le bandit boiteux de Yacouba grigriman, le multiplicateur de billets, et moi, votre serviteur, l'enfant de la rue sans peur ni reproche. Ils nous ont tout pris en nous fouillant jusqu'au caleçon. Lorsqu'ils arrivèrent au caleçon de Yacouba, au lieu de découvrir un gros cul, ils tombèrent sur des petites bourses contenant des diamants et de l'or. C'est là sous le boubou et dans le pantalon bouffant que Yacouba, le bandit boiteux, conservait ses économies. Moi aussi, en fouillant dans mon caleçon, ils ont trouvé de l'or et du diamant. Mais ce n'était rien par rapport à Yacouba qui avait fini par ressembler lorsqu'il marchait à un quelqu'un qui avait de gros testicules herniaires, une volumineuse hernie. (Hernie signifie tuméfaction formée par un organe partiellement ou totalement sorti.) Tellement, tellement il avait des bourses autour de la ceinture et dans le bouffant du pantalon. Les chasseurs lui ont tout pris, ils nous ont tout pris.

Ils nous ont parqués dans des enclos. Nous étions nombreux, des soldats, des enfants-soldats et même des femmes. Nous étions nombreux, tout ce bataillon de crève-de-faim qui suivent les troupes des guerres tribales pour avoir un bout de manioc à grignoter. Ils nous ont parqués dans un enclos où on nous donnait pas à manger. Nous avons hurlé de faim. Yacouba a fait valoir sa fonction de grigriman. Ça n'a pas suffi, ça n'a pas marché. Comme nous avions de plus en plus faim et que nous hurlions de plus en plus fort et qu'ils ne trouvaient rien à nous donner à manger, ils nous ont libérés. Après des interrogatoires sommaires, ils nous ont libérés. Nous étions libres, sans le sou, et sans arme pour pressurer la population.

Les chasseurs traditionnels n'avaient pas besoin de Yacouba le grigriman ; ils étaient tous grigrimen. Moi aussi j'étais libre ; les chasseurs professionnels et traditionnels, les kamajors, n'avaient pas besoin de soldats-enfants. Leur code leur interdisait d'utiliser des enfants à la guerre. Pour participer à la guerre à leur côté, il fallait être initié comme chasseur. De sorte que, pour la première fois, nous (Yacouba et moi) étions confrontés à la réalité, à la précarité de la guerre tribale.

C'est dans cette situation que j'ai pu admirer la débrouillardise de Yacouba pour se défendre dans la précarité. Nous avons quitté Mile-Thirty-Eight pour Freetown. Là, il a saisi trois troncs d'arbre et un peu de paille, il a monté une paillote. (Paillote, d'après l'Inventaire, construction légère.) Il s'est installé là-dedans comme féticheur, comme grigriman fortiche pour changer en eau les balles sifflantes. Le début a été difficile. Moi je faisais le coadjuteur. (Coadjuteur signifie adjoint à un féticheur.) Mais à la fin on a commencé à avoir notre bout de manioc à manger. On n'était pas dans un hôtel quatre étoiles mais on grignotait quand même chaque jour le morceau. C'est à ce moment que tout est arrivé, montrant une fois encore que Allah ne dort jamais, qu'il veille sur tout sur terre, qu'il veille sur des malheureux comme nous.

On avait fini par trouver un équilibre entre les hommes du démocrate Tejan Kabbah et ceux des quatre bandits de grand chemin qui écumaient la Sierra Leone. Les hommes du bandit de général nigérian commandant les forces de l'ECOMOG, ceux du bandit commandant les forces sierra-léonaises, ceux du bandit Foday San-koh et ceux du bandit Highan Norman, ministre de la Défense et commandant les kamajors, les chasseurs traditionnels. Oui, il y avait un équilibre entre tous ces différents combattants, ces différentes bandes, lorsque le FMI a mis son nez là-dedans. L'équilibre était établi sur l'effectif de huit cents chasseurs traditionnels, de quinze mille soldats, de vingt mille guérilleros de Foday Sankoh et d'un nombre secret des forces de l'ECOMOG. Les soldats de l'armée régulière rece-vaient une allocation mensuelle de quarante mille sacs de riz constituant une partie de leur solde et un dollar par troupier (troupier signifie militaire). Les chasseurs traditionnels avaient une allocation mensuelle de vingt sacs de riz. Le FMI a trouvé (Walahé ! Les banquiers n'ont pas pitié, n'ont pas de cœur !) que les militaires bouffaient trop de riz, coûtaient trop cher à la commu-nauté internationale. Et le FMI a voulu réduire le nombre de soldats de quinze mille à sept mille et l'allo-cation mensuelle de quarante mille sacs à trente mille. Les militaires rouspétèrent et jurèrent sur tous leurs dieux qu'ils ne mangeaient pas trop. Seulement, lorsqu'ils commençaient à avaler leur maigre ration de riz, des membres de leur famille et des connaissances avaient la fâcheuse habitude de se trouver là, là où ils croûtaient. Et, à cause de la vieille solidarité africaine, la ration de riz était partagée entre un nombre infini de consommateurs. Le FMI ne tenait pas compte de la solidarité africaine dans le fichu pays comme la Sierra Leone. Et les militaires de dire leur dernier mot. Ils refusent de réduire leur effectif ; ils refusent catégoriquement de descendre en dessous de trente-quatre mille sacs par mois.

Pour trouver et servir les quatre mille sacs supplémentaires de riz (la différence entre trente-quatre mille et trente mille), le pauvre gouvernement démocratique du pauvre Tejan Kabbah fut obligé d'augmenter le prix du carburant dans tout le pays. Et l'augmentation du prix du carburant ne donna pas grand-chose. Le premier mois, il a pu payer les trois mille sacs de riz, le deuxième il n'a eu que deux mille et le troisième, le mois de mai 1997, il n'a eu que le prix de cinq cents sacs. Cinq cents sacs. Quand les officiers se furent servis, les troufions, les bidasses n'eurent rien. Les conséquences ne tardèrent pas : le putsch éclata ce 25 mai. (Putsch signifie soulèvement, coup de main armé d'un groupe.) Ce 25 mai, le putsch éclata d'autant plus facilement qu'il y avait de la dérive ethnique de la part de Tejan Kabbah. (Dérive signifie que le gouvernement Kabbah favorisait l'ethnie mendé.)

Le 25 mai à l'aurore, ça commença par des affrontements meurtriers entre les troupes de l'ECOMOG et des éléments de l'armée régulière. Puis tout Freetown s'embrasa. Le président élu Tejan Kabbah djona-djona sauta dans un hélicoptère de l'ECOMOG. L'hélicoptère l'emmena à Conakry, capitale de la Guinée, près du dictateur Lassana Conté, où c'était plus peinard. Là il a eu le temps pépère de demander aux États membres de la CDEAO de lui restituer son pouvoir. Et il avait bien fait de décamper (décamper, c'est s'enfuir). Car après lui dans Freetown tout le monde tira sur tout le monde. De la mer les bateaux de l'ECOMOG du Nigeria pilonnèrent dans le bordélique. Ça dura deux jours de bombardement et réalisa le plus beau coup d'État, c'est-à-dire le plus meurtrier de ce fichu pays de Sierra Leone qui en a vu tant d'autres. Près de cent morts. Après deux jours de massacre, les choses s'organisèrent. La nouvelle junte (conseil militaire révolutionnaire) a dissous le parlement, a suspendu la constitution, a interdit les partis politiques et a institué le couvre-feu. La junte mit en place le gouvernement du Conseil révolutionnaire des forces armées (AFRIC).

Les putschistes (groupe de personnes armées qui s'emparent du pouvoir) prennent pour chef, comme président, Johnny Koroma. Johnny Koroma accepte. Ils le libèrent de prison où il était enfermé à la suite d'une première tentative de coup d'État. Ils désignèrent comme vice-président Foday Sankoh, et Foday Sankoh, de sa prison du Nigeria, demanda à ses guérilleros perdus dans la brousse et la forêt d'obéir à la junte.

Alors là, comme vice-président Foday Sankoh, la communauté internationale unanime a mal réagi au coup d'État, très mal réagi. Tout le monde en avait marre de cette fichue Sierra Leone de tous les malheurs.

Dès le 27 mai, le Conseil de sécurité, à l'issue de ses délibérations, « déplore vivement cette tentative de renversement et demande que soit immédiatement rétabli l'ordre constitutionnel ». Fait majeur, le Conseil de sécurité lance « un appel à tous les pays africains et à la communauté internationale pour qu'ils s'abstiennent de reconnaître le nouveau régime et de soutenir de quelque manière que ce soit les auteurs du coup d'État ».

Le trente-troisième sommet des chefs d'État et de gouvernement de l'OUA (Organisation de l'unité africaine) se tient à Harare au Zimbabwe du 2 au 4 juin. Dans sa résolution finale, ce sommet condamne le coup d'État du 25 mai et demande que la crise soit réglée dans le cadre de la CDEAO.

Et la CDEAO, c'est le Nigeria. Le Nigeria, c'est-à-dire le dictateur du Nigeria, le bandit criminel Sani Abacha. Sani Abacha qui, plus que tout le monde sur terre, en avait marre de ce bordel de pays de Sierra Leone. Sani Abacha mis au ban des chefs d'État après l'assassinat des représentants du peuple ogoni (mettre au ban, c'est déclarer indigne, dénoncer au mépris public), Sani Abacha mis au ban et qui a besoin de se refaire une virginité (c'est retrouver une innocence perdue et repartir sur une bonne voie), Sani Abacha, le dictateur criminel du Nigeria qui veut assumer un leadership sous-régional (leader signifie chef de file), Sani Abacha qui veut jouer le rôle de gendarme de l'Afrique de l'Ouest. C'est pour toutes ces raisons que Sani Abacha a fait venir plein de bateaux de guerre dans les eaux territoriales de ce fichu pays de Sierra Leone. Et ces bateaux pilonnent la ville de Freetown, la capitale martyre de ce fichu pays.

Le Nigeria de l'ECOMOG avait cru à une promenade, pouvoir mettre à genou l'AFRIC en une semaine ou trois au plus. Ce fut une erreur. Johnny Koroma et le RUF devenus une unique force résistèrent malgré les dégâts, les destructions massives opérées par les forces de l'ECOMOG.

Johnny Koroma, le 13 juin, se tourna vers les chasseurs traditionnels, les kamajors. Au nom de la patrie Sierra Leone, il leur demanda d'enterrer la hache de guerre, de combattre avec l'AFRIC les forces d'occupation nigérianes. Pour toute réponse à Johnny Koroma, le 27 juin, les kamajors armés de lance-roquettes et de grenades attaquèrent en trois points différents le 38e bataillon de la ville de Koribundu à deux cents kilomètres au sud-est de la ville de Freetown. La violence de l'attaque obligea la junte à envoyer des renforts militaires vers Koribundu de Bô et Moyamba. Comme à Koribundu, c'est tous les districts de l'est et du sud qui étaient enlisés dans des affrontements meurtriers. L'alliance formelle entre l'AFRIC et la RUF contre les Nigérians et les kamajors aggrava l'anarchie, donna une nouvelle base à la RUF qui était opposée jusqu'ici à tout compromis. La communauté internationale réagit par deux méthodes, la pression et la négociation

Dans le domaine de la négociation, pour conduire à terme les décisions prises par le Conseil de sécurité, le conseil des ministres des Affaires étrangères de la CDEAO opta pour la création d'un comité ministériel comprenant les représentants du Nigeria, de la Côte-d'Ivoire, de la Guinée et du Ghana. A ce comité, se joignirent les représentants de l'OUA et de la CDEAO. Ce comité à quatre avait pour mission de suivre l'évolution de la situation en Sierra Leone et d'entamer des négociations avec la junte afin d'obtenir le rétablissement de la légalité constitutionnelle en Sierra Leone.

Dans le domaine de la pression, l'établissement, le renforcement de l'embargo. L'aéroport de Lungi est occupé par les forces nigérianes. Il sert d'appui à une puissante artillerie qui sans cesse bombarde la ville. Les eaux territoriales de Sierra Leone sont l'objet d'une surveillance stricte par les bateaux nigérians. Ces bateaux nigérians pilonnent dans le bordélique.

La Sierra Leone est privée de tout, de nourriture, de médicaments.

Le premier résultat auquel ont abouti les pressions est le contact entre le comité des quatre et une délégation de la junte. Ce contact a lieu eu les 17 et 18 juillet au vingt-troisième étage de l'hôtel Ivoire à Abidjan. A l'issue de la rencontre, le communiqué laisse poindre l'espoir que le président élu pourrait retrouver son fauteuil de chef démocratiquement élu. La bonne volonté des représentants de Johnny Koroma est telle que le comité consent un répit dans les pressions, dans les bombardements. On laisse le temps aux représentants de l'AFRIC de rentrer chez eux et de revenir avec des propositions concrètes.

Le deuxième round des négociations d'Abidjan (round signifie épisode d'une négociation difficile) s'est ouvert les 29 et 30 juillet 1997 toujours au vingt-troisième étage de l'hôtel Ivoire. Il devait porter sur les modalités de l'établissement de la légalité constitutionnelle. Surprise ! Les nouvelles propositions de la junte sont en total désaccord avec les points acquis au cours de la première rencontre du 17 juillet. La junte veut maintenir la suspension de la constitution et rester au pouvoir jusqu'à l'an 2001. Le comité exprime sa profonde déception. Les négociateurs ne se laissent pas démonter par le revirement de la junte. Conformément aux décisions du comité du 26 juillet de Conakry, le comité rompt les négociations, demande le renforcement de l'embargo. Mise au ban de la communauté internationale, la junte fait l'objet d'une pression constante.

Dès le début du mois d'août 1997, la Sierra Leone est ravagée par d'incessants combats. Elle est prise entre les bombardements de l'impressionnant contingent de l'ECOMOG et le harcèlement des kamajors. Elle est ébranlée par l'isolement dans lequel l'ont confinée les États de la CDEAO. Pour atténuer le poids des pressions extérieures et intérieures, la junte essaie de desserrer l'étau. Elle sollicite l'aide de la Guinée pour relancer les pourparlers rompus le 29 juillet. Le dictateur impénitent (impénitent signifie qui ne renonce pas à une habitude jugée mauvaise, incorrigible) Lassana Conté reçoit le 9 août au petit palais de Boulbinet une délégation sierra-léonaise conduite par l'oncle du major Johnny Koroma, l'ex-président Joseph Saïdou Momoh. Des entrevues, il ressort que la junte est « disposée à poursuivre les négociations avec le comité des quatre mandaté par la CDEAO en vue d'un retour à la paix » et réaffirme tout haut que la date de novembre 2001 annoncée pour un retour au régime civil est négociable. Il s'agissait d'aménager un calendrier de transition.

C'est à ce moment qu'a lieu le vingtième sommet de la CDEAO à Abuja (Nigeria) du 27 et du 28 août 1997 pour discuter le rôle de l'ECOMOG dans le règlement de la crise de Sierra Leone. Le sommet ne demande qu'une seule chose, le renforcement de l'embargo. Toujours le renforcement de l'embargo.

Dès septembre 1997, la Sierra Leone est privée de nourriture et de carburant. Elle connaît une récession dramatique, ce qui se traduit par l'arrêt de toute activité économique. Si les conséquences de l'embargo sont désastreuses pour l'économie, la guerre est aussi ruineuse pour la situation sanitaire du pays. En plus des obus de l'aéroport de Lungi occupé par des forces nigérianes, des bombardements sur des points stratégiques de la capitale causent des dégâts matériels importants. Le contrôle strict des eaux territoriales empêche la circulation des bateaux, des chalutiers et des pirogues.

Les couches socioprofessionnelles, les fonctionnaires, les enseignants, les médecins et les étudiants, par réaction, ont lancé une opération de désobéissance civile provoquant le dysfonctionnement de l'administration sur fond de crise économique. (Dysfonctionnement signifie trouble, difficulté dans le fonctionnement.) Tout manque, les médicaments et surtout le carburant.

La situation générale était désastreuse, elle ne peut être pire que ce qu'elle était. Walahé! Donc elle était bonne pour nous. Faforo! Nous, Yacouba, le bandit boiteux, le féticheur multiplicateur de billets, et moi, Birahima, l'enfant de la rue sans peur ni reproche, l'enfant-soldat. Gnamokodé! Nous avons été appelés, nous avons pris du service aussitôt.

Yacouba, le bandit boiteux, sauta sur une jambe et cria « Walahé! », Allah était pour nous. Nous pouvions reprendre du service. Yacouba fut installé comme grigriman et moi je rejoignis les enfants-soldats.

Les enfants-soldats passèrent à leur mission habituelle, l'espionnage. Au cours d'une mission d'espionnage, les chasseurs tuèrent trois enfants-soldats. Parmi les enfants-soldats morts, il y avait Siponni la vipère. Je me fais un devoir de dire l'oraison funèbre de Siponni parce que je le veux. Lui, Siponni, c'est l'école buissonnière qui l'a perdu. Il était au cours élémentaire deux à l'école de Toulepleu. Après avoir redoublé deux fois vu qu'il allait pas très souvent en classe. École buissonnière sur école buissonnière, un jour il en a eu marre, il a tout laissé tomber et a tout vendu. Le crayon, le cahier, l'ardoise, tout et tout, même le cartable. Et il a acheté des bananes avec le produit de la vente. Voilà. Ça il l'a fait le matin mais le soir le problème de rentrer à la maison s'est posé. Comment Siponni pouvait rentrer à la maison sans son cartable ? Il allait se faire étriller par sa mère et son beau-père. (Étriller signifie malmener.) Il allait se faire étriller et se faire priver de nourriture. Non, Siponni ne pouvait pas rentrer à la maison. Où aller ? Il se mit à divaguer et arriva aux abords d'un hôtel. Il en vit sortir un gros Libanais. Il se présenta au Libanais comme un petit sans père ni mère qui cherchait une place de petit boy. « Ni père ni mère, voilà un que je peux employer sans payer », se murmura le Libanais et il l'engagea sur-le-champ.

Le lendemain, Siponni quitta Toulepleu avec son nouveau patron pour la ville de Man. Après quelques semaines au service de son patron qui s'appelait Feras, Siponni remarqua que Feras amenait beaucoup d'argent et le gardait dans une armoire dont la clé ne le quittait jamais. Un soir, cependant, avant d'aller à la douche, Feras pendit son pantalon avec la clé. Siponni prit la clé, ouvrit l'armoire, prit l'attaché-case plein de billets. Il alla placer l'attaché-case dans le jardin avant de venir dire au revoir à son patron. Dans la nuit même, alla trouver avec l'attaché-case plein de billets un vieux qui s'appelait Tedjan Touré. Tedjan Touré se prétendait le frère à l'africaine de la mère de Siponni, son oncle. Tedjan garda l'attaché-case et, le matin de bonne heure, ils prirent un camion pour la ville de Danané. Là, Siponni fut placé chez un ami à Tedjan. Des mois passèrent. Un jour, Tedjan Touré arriva, le visage décomposé. Après de longues explications embarrassées, il en vint à l'essentiel. L'attaché-case avait été volé. Oui volé. Malgré son air et ses longues explications, Siponni restait sceptique. Siponni posa quelques questions auxquelles Tedjan a répondu. C'était pas possible, Siponni ne crut pas aux déclarations de Tedjan et décida de ne pas se laisser faire. Sans perdre de temps, il alla au commissariat le plus proche pour se constituer prisonnier et dénoncer son receleur Tedjan. On alla chercher Tedjan et on l'amena à la police. Par la torture on le fit avouer. On les conduisit tous les deux (Siponni et Tedjan) en prison. Tedjan dans la prison centrale et Siponni dans la prison des petits.

Dans la prison des enfants, Siponni tomba sur Jacques. Jacques avait entendu parler des enfants-soldats du Liberia et de Sierra Leone et il ne rêvait que d'être un enfant-soldat. Il communiqua son enthousiasme à Siponni. (Enthousiasme signifie admiration passionnée.) Ils décidèrent tous les deux d'aller au Liberia, aux enfants-soldats. Ils attendaient une occasion, elle s'offrit quand l'équipe de la prison alla jouer contre une équipe paroissiale dans un village à quelques kilomètres de Man. Siponni et Jacques en profitèrent pour prendre la tangente. Ils s'enfoncèrent dans la forêt. Après de longues pérégrinations ils ont rencontré des guérilleros. Les guérilleros leur donnèrent des armes ainsi que des cours sur le maniement du kalach. Les voilà enfants-soldats. C'est ainsi que Siponni devint un enfant-soldat.

Comment obtint-il le sobriquet de vipère ? Plusieurs faits dont le tour qu'il joua aux habitants du village de

Sobresso. Les autres enfants-soldats attaquaient de front. Comment fit-il, Siponni, comment se glissa-t-il pour se trouver derrière les villageois ? Leur retraite était coupée. Ils capitulèrent. (Capituler, c'est cesser toute résistance, se reconnaître vaincu.) Siponni les a surpris et trahis comme un serpent, comme une vraie vipère.

Nous étions bien intégrés dans l'armée à Johnny Koroma. Johnny recrutait une flopée d'enfants-soldats. (Flopée signifie grande quantité.) Parce que les choses allaient de plus en plus mal, et les enfants-soldats sont bien quand tout va mal. Les enfants-soldats étaient de plus en plus cruels. Ils tuaient leurs parents avant d'être acceptés. Et prouvaient par ce parricide qu'ils avaient tout abandonné, qu'ils n'avaient pas d'autre attache sur terre, d'autre foyer que le clan à Johnny Koroma. Les chefs de groupes de l'armée de Johnny étaient de plus en plus cruels, de plus en plus bele-bele (fortiches). Pour le montrer, ils mangeaient le cœur de leurs victimes, de celles de leurs victimes qui s'étaient comportées en braves avant de mourir. On se montrait du doigt l'anthropophage, on le craignait, et l'anthropophage était fier d'être considéré comme un cruel capable de toutes les inhumanités. (Inhumanité signifie barbarie et cruauté.)

Nous étions dans la bande de Sourougou. (Bande signifie groupe d'hommes qui combattent ensemble sous la même bannière et derrière le même chef.) Sourougou était un chef de l'armée de Johnny Koroma. Nous allions vers l'ouest lorsque nous avons rencontré (ah, surprise !) Sekou, notre ami de malheur, descendant vers l'est. Sekou était accompagné de son coadjuteur, le fidèle petit Bakary. Nous sommes sortis du rang de la bande ; nous les avons pris à part. Il faut que je vous foute en mémoire ce fichu, ce bandit de Sekou, l'ami de Yacouba. Que faisait Sekou dans ce pays de kasaya-kasaya ? (Kasaya-kasaya signifie dingues.) Sekou était le marabout qui à Abidjan avait montré les secrets de féticheur et de multiplicateur de billets à Yacouba. C'était l'homme qui sortait de but en blanc (but en blanc signifie brusquement) des manches de son boubou un poulet blanc caquetant.

Yacouba ne voulait pas le revoir parce que, d'abord, c'était un concurrent et secundo, chaque fois qu'il l'avait revu, c'était pour entendre des malheurs. Sekou marchait comme un herniaire (celui qui a une grosse hernie au cul) tellement, tellement il portait des bourses de diamants et d'or dans le bouffant du pantalon. Sekou ressemblait à Yacouba avant la fouille des chasseurs. Il avait comme lui toutes ses économies sur lui, à sa ceinture, dans son pantalon bouffant. Faforo ! en le voyant je n'ai pas pu me retenir, j'ai éclaté de rire. Il s'est fâché. Il ne nous a pas laissés aligner les salutations kilométriques que s'alignent des Dioulas, des Mandingos (comme on le dit en pidgin) lorsqu'ils se rencontrent. Il s'est déclaré surpris de nous voir aller vers l'est. « Tous les Dioulas, Malinkés, Mandingos de tout le Liberia, de toute la Sierra Leone se dirigent vers l'est. Qu'allez-vous faire vers l'ouest ? » nous a-t-il demandé.

Nous n'avons pas eu le temps de répondre, il nous a appris ce qui venait d'arriver d'extraordinaire au Liberia et en Sierra Leone. Tous les Africains, indigènes, noirs sauvages de ces deux pays, plus les noirs américains racistes du Liberia, plus les noirs créos de Sierra Leone s'étaient ligués tous contre les Malinkés, les Mandingos. Ils voulaient les foutre dehors du Liberia et de Sierra Leone. Ils allaient les foutre dehors d'où qu'ils viennent : de la Guinée, de la Côte-d'Ivoire ou du Liberia. Ils voulaient les foutre dehors ou les massacrer tous par racisme. Un chef de guerre malinké, nommé El Hadji Koroma du Liberia (à ne pas confondre avec Johnny Koroma de Sierra Leone), avait décidé de sauver les Malinkés. Il les regroupait dans les villages de l'est. C'est pourquoi tous les Malinkés marchaient vers l'est.

Yacouba a répondu qu'il n'avait jamais entendu parler d'une chose pareille en Sierra Leone, dans l'armée de Johnny Koroma. Lui Yacouba se trouvait bien, très bien dans cette armée comme chef grigriman musulman et il était craint et respecté par tout le monde. Il n'avait pas connu la moindre menace et il allait continuer sa marche vers l'ouest avec la bande de Sourougou. Il n'y croyait pas, aux paroles de Sekou.

Sekou a répondu que si Yacouba ne croyait pas, c'est son affaire. Mais la tante croyait à la menace des noirs africains indigènes sauvages de tout le Liberia et de toute la Sierra Leone. Elle était partie en compagnie d'un groupe de Malinkés vers l'est dans l'enclave de El Hadji Koroma. (Enclave signifie terrain ou territoire entouré par un autre.) C'étaient eux que lui, Sekou, rejoignait.

Nous étions tombés de tout notre haut. (Nous étions très surpris.) Ainsi, ainsi donc la tante se trouvait à l'est, dans l'enclave de Koroma, d'El Hadji Koroma. Il nous fallait absolument la sauver. Il nous fallait rompre en catimini avec l'armée, la bande à Johnny Koroma. Nous avons laissé Sekou et son coadjuteur poursuivre leur route de damnés (condamnés aux peines d'enfer) vers l'est. Nous allions les rejoindre plus tard ; il nous fallait le temps de nous faufiler. (Se faufiler, c'est se glisser adroitement.)

Nous avons profité d'une halte pour prendre la tangente. (Prendre la tangente, c'est s'esquiver.) Deux jours après, nous avons pris notre pied la route vers l'est, vers la frontière ivoirienne. Nous avons le kalach caché dans nos boubous. Ça c'était la guerre tribale qui voulait ça. Pour montrer clairement qu'il était un féticheur, grand grigriman musulman, Yacouba s'était attaché de nombreux grigris au cou et de nombreux talismans aux bras. Ça battait les mollets. Moi aussi j'étais bardé d'amulettes et je tenais à la main un Coran semi-ouvert. De sorte que tous les noirs sauvages indigènes du Liberia que nous rencontrions sur notre route, par peur ils quittaient la route djona-djona et s'arrêtaient sur le bas-côté et nous laissaient passer.

Nous avons marché comme ça pendant trois jours. Au quatrième jour, au détour d'une piste, nous nous sommes trouvés nez à nez avec le cousin Saydou Touré. Le cousin était mirifiquement armé. (Mirifiquement signifie merveilleusement.) Pas moins de six kalach, deux pendant au cou, deux suspendus à chaque épaule. Et, autour de lui, des ceintures de balles. Et, au-dessus des ceintures des balles, des colliers de fétiches. Il avait la barbe et les cheveux hirsutes (en désordre). Malgré son approche repoussante, je me suis jeté à son cou. J'étais heureux de le rencontrer.

Après l'embrassade, j'ai curieusement regardé de haut en bas et de bas en haut le cousin. Il m'a fixé et a dit dans un éclat ébouriffant de rire : « Dans un pays de kasaya-kasaya comme le Liberia, il faut pas moins de six kalach pour les dissuader (détourner quelqu'un d'une décision) ! »

Mon cousin Saydou Touré était le plus gros bagarreur, le plus grand menteur, le plus gros buveur d'alcool de tout le nord de Côte-d'Ivoire. Tellement il buvait, tellement il se bagarrait qu'il était toujours en procès, toujours en prison, il ne restait jamais le nez dehors plus d'un mois tous les six mois. Mon autre cousin, le docteur Mamadou Doumbia, avait profité d'une de ces rares périodes de liberté du cousin Saydou pour le charger d'une mission périlleuse. Il lui avait demandé en désespoir de cause (en dernier ressort) de rechercher dans le fichu pays de Liberia-là sa mère, la tante Mahan. Il le gratifierait d'un million de francs CFA s'il la retrouvait. Saydou avait accepté avec plaisir. La tante Mahan était la malheureuse que nous cherchions, nous aussi, depuis plus de trois ans dans ce Liberia de la guerre tribale. Nous étions heureux de rencontrer le cousin Saydou. Nous avons décidé de faire route ensemble.

Le cousin Saydou Touré était un fabulateur (celui qui substitue à un fait vécu une aventure imaginaire), un rigolo. Il aimait le docteur Mamadou Doumbia qui lui envoyait très souvent de l'argent dans ses prisons. Il parlait sans cesse de lui avec beaucoup de tendresse. (Tendresse signifie sentiment d'amitié et d'amour.)

A sept ans, le petit Mamadou Doumbia avait marché cent quatre-vingts kilomètres sur la route accompagné d'une vieille esclave affranchie et d'une jeune fille. En ce temps-là, les Africains noirs indigènes sauvages étaient encore cons. Ils ne comprenaient rien à rien : ils donnaient à manger et à loger à tous les étrangers qui arrivaient au village. Et Mamadou et ses deux compagnes furent logés et nourris cadeau (gratis) pendant les dix jours pleins que dura le voyage.

Ils arrivèrent un soir à Boundiali et les deux accompa-gnatrices s'assirent et expliquèrent les raisons de leur mission. Allah avait offert au village beaucoup et beau-coup de marmaille au chasseur violent. (Marmaille signifie groupe nombreux d'enfants bruyants.) Le chas-seur violent était le petit frère du patriarche Touré. Le chasseur violent avait décidé d'offrir à son grand frère une part dans sa marmaille, la part du patriarche dans les progénitures du chasseur violent. Cette part était constituée par le petit Mamadou. Elles étaient venues accompagner le petit Mamadou pour le donner à Touré, le patriarche Touré. L'oncle Touré avait droit de vie et de mort sur le petit Mamadou. Le petit Mamadou se couchera partout où l'oncle lui demandera de se cou-cher sans broncher. L'oncle Touré, le patriarche, remer-cia les deux accompagnatrices, prit petit Mamadou par le bras, héla (appela de loin) sa première femme et lui donna le petit Mamadou. Ce sera à elle que le petit Mamadou appartiendra. La première femme du patriarche s'appelait Tania et Tania était la mère de Saydou.

La rentrée des classes avait déjà eu lieu. Le patriarche amena son neveu chez le commandent blanc toubab colon colonialiste. Le commandant autorisa l'inscrip-tion de petit Mamadou à l'école de Boundiali.

Saydou et petit Mamadou allèrent ensemble à l'école. Saydou avait le même âge que Mamadou et Saydou était jaloux : il ne voulait pas que sa mère s'occupe du petit Mamadou avec la tendresse qu'elle le faisait. Il se bagarra plusieurs fois avec le petit Mamadou. La maman de Saydou les séparait et donnait toujours tort à Saydou.

Ils se couchaient, Saydou et le petit Mamadou, sur une natte au pied du lit de la mère Tania. Et le petit

Mamadou faisait toujours pipi au lit. Il n'était pas propre ; il était dégueulasse. De gros asticots grouillaient partout sous la natte. (Asticots signifie larves de mouches.) Saydou conçut une idée pour se débarrasser du petit Mamadou. Une nuit, il fit un caca, un gros caca, sur la natte au pied du lit et, le matin, soutint mordicus (opiniâtrement, obstinément, sans démordre) que ce n'était pas lui Saydou, que c'était le petit Mamadou qui s'était soulagé. Comme le petit Mamadou était un froussard, un timide, il n'a pas su se défendre. Il s'assit et pleura ; ce fut une preuve, la preuve que c'était lui qui avait fait le caca. La mère de Saydou, Tania, se fâcha. Pour punir le petit Mamadou, on l'envoya se coucher dans la case des boys, avec les boys (les serviteurs). Les boys le mirent au fond de la case, à part. Il continua à faire pipi au lit, continua à vivre au milieu du grouillement des asticots. Le grouillement qui apparaît sous la natte d'un enfant pas propre.

Saydou et petit Mamadou continuèrent à aller à l'école ensemble. Mamadou se révéla intelligent, très intelligent, et Saydou cancre. Saydou avait toute sorte de difficultés. Il prononçait mal, écrivait comme des pattes de mouche. Dans un pays développé, Saydou aurait été traité par un psychologue. A dix ans, l'instituteur n'eut d'autre moyen que de renvoyer Saydou de l'école du village.

Pendant les quatre ans que dura la dernière guerre, petit Mamadou alla seul à l'école du village. Mais il n'eut pas d'instituteur. Après guerre, Mamadou était trop grand, trop âgé pour le cours élémentaire deux. On le renvoya aussi.

L'instituteur du village prépara et présenta le petit Mamadou au certificat d'études qu'il obtint. Ce fut

considéré comme un exploit de la part des noirs africains indigènes développant peu d'initiative. Exploit
que le commandant et le directeur du secteur blanc
décidèrent d'encourager. Ils modifièrent le jugement
supplétif d'acte de naissance de petit Mamadou. Le
petit Mamadou eut cinq ans de moins et put remplir
toutes les conditions d'admissibilité de l'école primaire
supérieure (EPS) de Bingerville. Il entra à l'EPS, puis à
l'école normale de Gorée puis encore à l'école de
médecine de Dakar.

Pendant que Mamadou poursuivait ses brillantes
études, Saydou commença sa damnée de vie. Bagarres
sur bagarres, prisons sur prisons, fuites des prisons sur
fuites des prisons. Fuites à travers la Côte-d'Ivoire, à
travers l'AOF. Des aventures dans le Sahara, dans le
Sahara nigérien, tibestin, libyen. Retour au village et
encore des prisons sur des prisons jusqu'à cette dernière
libération au cours de laquelle Mamadou lui demanda
d'entrer dans la forêt libérienne pour récupérer sa mère.

Saydou raconta sa vie de damné et celle du docteur
Mamadou Doumbia tout le long de notre route dans le
Liberia de la guerre tribale. Pendant trois jours et trois
nuits. Le quatrième jour, nous avons atteint le village de
Worosso, pas loin de la frontière ivoirienne. Nous,
c'est-à-dire Yacouba le multiplicateur de billets, le féticheur musulman, Saydou le bandit chargé par le docteur Mamadou de retrouver la tante et moi, l'enfant de
rue sans peur ni reproche, le soldat-enfant. C'est à
Worosso que se trouvait le camp d'El Hadji Koroma. Le
camp était limité par des crânes humains hissés sur des
pieux comme autour de tous les camps de la guerre tribale de Liberia et de Sierra Leone. Walahé (au nom du
Tout-Puissant) ! C'est la guerre tribale qui veut ça. Nous

nous sommes avancés vers ce qui pouvait être appelé le portail, indiqué par deux crânes hissés sur des pieux avec, au milieu, deux soldats-enfants armés. Nous nous apprêtions à saluer en malinké. Brusquement, nous avons été entourés par une dizaine de guérilleros armés jusqu'aux dents. Ils étaient plaqués au sol dans la forêt des environs du camp. Ils s'étaient promptement levés (promptement signifie rapidement). Nous avons voulu encore saluer. Sans nous entendre, ils nous ont commandé à haute voix : « Bras en l'air ! » Sans hésiter, nous avons levé les bras. Ils nous ont désarmés. Nous ont fouillés jusqu'aux caleçons. C'est la guerre tribale qui veut un pareil accueil. Sans toujours répondre à nos saluts, ils nous ont demandé de nous présenter chacun à son tour.

C'est Saydou qui a commencé. Saydou a raconté des histoires invraisemblables sur ses exploits. D'abord il était colonel chez ULIMO (United Liberian Movement). C'était faux : il venait en directe ligne de la prison de Boundiali. C'est parce que colonel, disait-il, qu'il possédait six kalach. C'était également faux. Quand le docteur Mamadou l'a chargé de rechercher sa maman, Saydou a voulu avoir des armes. Le docteur Mamadou Doumbia l'a accompagné à Man, à la frontière libérienne où on trouve à des prix cadeaux des kalach. Le docteur a voulu lui en acheter un, c'est six qu'il a voulus. Il lui en a acheté six dans l'idée que ça pouvait lui servir de moyen d'échange, de viatique dans ses aventures. (Viatique signifie soutien dans un voyage.) Et c'est armé de six kalach qu'il a pénétré dans la forêt libérienne de la guerre tribale. Saydou a poursuivi ses fabulations. Il a prétendu avoir été content, très content quand il a appris qu'El Hadji s'est retiré avec tous les Malinkés pour se consacrer à la sauvegarde (sauvegarde signifie protection donnée par une autorité) de l'ethnie malinké. Il était tellement content qu'il a décidé de quitter ULIMO. ULIMO, en raison de son grade et de sa bravoure, n'a pas voulu le laisser partir. Les chefs de ULIMO lui ont demandé de rester avec eux. Il a dit non et a accusé publiquement ses chefs de ULIMO d'avoir tué eux aussi beaucoup de Malinkés. Les chefs de ULIMO n'ont pas apprécié. Ils ont tendu un guet-apens à Saydou, l'ont arrêté, désarmé, enchaîné et mis en prison. C'est toujours Saydou qui racontait ses aventures. Les chefs ULIMO ne savaient pas que personne sur terre ne pouvait le garder en prison, lui Saydou. Saydou a fendu les murs des prisons et s'est présenté a eux les bras ballants sans aucune chaîne. Alors, les chefs de ULIMO, les soldats de ULIMO, tous ceux de ULIMO ont tiré sur lui : ils ont tiré sans succès. Les balles devenaient de l'eau et coulaient sur son corps. Les chefs ULIMO et les soldats et enfants-soldats ont paniqué. Ils ont tous détalé (détaler, c'est décamper en hâte). Ils sont partis sans leurs armes. Saydou en a ramassé six qu'il apporte à El Hadji Koroma.

Après Saydou, c'est Yacouba qui se présenta. Yacouba lui aussi a commencé à fabuler. Il avait chez Johnny Koroma en Sierra Leone le grade de lieutenant-colonel, lieutenant-colonel grigriman. C'était faux, archifaux. Il était lieutenant-colonel parce qu'il avait obtenu des résultats extraordinaires. Il avait rendu les bombardements des bateaux et des avions de l'ECOMOG inefficaces. Tout ce que tiraient les avions, les multiples bateaux au large, les nombreux canons installés à l'aéroport, tout ce qu'ils ont envoyé contre la Sierra Leone se transformait en eau. Les militaires de l'ECOMOG ont usé des obus contre le peuple sierra-léonais pour rien, des obus qui n'ont jamais éclaté. Yacouba était parvenu à ensorceler toute une armée, l'armée et ses engins de guerre. Ce n'est pas tout. Il était parvenu à rendre tous les guérilleros, tous les enfants-soldats de Johnny invisibles aux envahisseurs de l'ECOMOG. Les envahisseurs tiraient dans le vide.

On a écarté Yacouba le féticheur. Ce fut mon tour.

Ayant écouté les grands, Saydou et Yacouba, mentir comme des voleurs de poulets, j'ai voulu comme eux me faire valoir. J'ai dit que moi aussi j'avais le grade de commandant dans les enfants-soldats chez Johnny Koroma. J'étais un champion de l'espionnage. J'avais pu me faufiler jusqu'à l'état-major de l'ECOMOG. J'ai pu chiper leurs cartes, toutes leurs cartes. De sorte que l'ECOMOG bombardait à l'aveuglette (signifie au hasard). J'ai mis un laxatif dans le whisky du chef d'état-major qui a été pris par la chiasse (signifie la diarrhée). Il ne pouvait pas rester en place. A l'aide d'une pirogue, j'ai pu aborder les bateaux des eaux territoriales qui bombardaient. J'ai pu monter à bord des bateaux, j'ai empoisonné les vivres des marins. Les marins sont morts comme des mouches. Ils ont cru à une épidémie. Les marins ont déserté les bateaux. C'est pourquoi les bombardements ont cessé.

Après nos fabulations, les guérilleros ont commencé à répondre en malinké à nos salutations. Ils nous ont souhaité la bienvenue. A notre parler, ils ont su que nous étions des vrais Malinkés, pas des Gyos ou des Krahns qui viennent les espionner. Donc nous étions chez nous à Worosso, au camp d'El Hadji Koroma, nous étions bienvenus. Nous étions des patriotes. Nous serions inté-grés dans l'armée d'El Hadji Koroma avec les grades que nous avions dans nos corps d'origine. La grande armée patriotique du généralissime El Hadji Koroma avait besoin d'officiers de notre valeur.

C'est ainsi que nous nous sommes tous retrouvés officiers supérieurs dans l'armée d'El Hadji Koroma. Nous étions tous peinards ; nous avions tous droit à des ordonnances (ordonnance signifie aide de camp) et surtout à une double ration de nourriture.

Mais, chez El Hadji Koroma, on mangeait mal. On nous servait au coin de l'assiette une petite poignée de riz qui n'aurait pas suffi à une malingre et malade grand-mère au fond d'une case qui ne cesse de crever. Il n'y avait pas assez de riz. Alors là pas assez du tout.

Le système d'El Hadji Koroma était basé sur une exploitation des réfugiés, une escroquerie aux ONG (organisations non gouvernementales). Nous les troupes retenions par la force des réfugiés malinkés que les ONG devaient nourrir. Et nous exigions des ONG que tout ce qui devait parvenir aux réfugiés passe par nous. Nous nous servions grassement avant de penser aux destinataires. Chaque fois que les ONG se présentaient avec du riz et des médicaments, des pauvres réfugiés bien encadrés se pointaient devant eux au portail et faisaient les mêmes déclarations :

« Pourquoi ne voulez-vous pas faire confiance à nos frères, les hommes d'El Hadji Koroma qui nous ont sauvé la vie ? Ils nous donnent tout ce que vous leur confiez. Ce sont nos frères. Tout ce qui leur est donné est comme remis à nos mains propres. Nous ne pouvions pas sortir pour recevoir vos dons et vous ne pouviez pas rentrer dans le camp. Nous, réfugiés du camp de Worosso, nous renonçons, refusons tous les dons qui ne passent pas par nos frères. »

Devant la misère, le dénuement (misère extrême) des réfugiés et leur détermination, les ONG cèdent. Et nous nous servions bien avant de songer aux réfugiés.

Nous avons poursuivi cette gymnastique tous les jours durant trois mois. Nous n'avons pourtant pas oublié la tante. Non. Nous continuions à la rechercher activement, mais en catimini. Nous, c'est-à-dire le colonel Saydou le fabulateur, le lieutenant-colonel grigriman Yacouba le bandit boiteux et moi, le commandant Birahima, l'enfant de la rue sans reproche. Nous recherchions en catimini car, si on était arrivé à savoir que nous étions là à la recherche de la tante, nous allions perdre nos galons.

Un jour Saydou est venu nous apprendre quelque chose d'incroyable. Yacouba et moi avons d'abord cru à une de ses nombreuses fabulations. Mais il m'a tenu par les bras et m'a amené vers la maison du généralissime. C'était vrai, bien vrai, le docteur Mamadou Doumbia était là au camp de Worosso d'El Hadji Koroma. Et bien là. Le docteur était venu. Il s'était adressé directement à El Hadji Koroma lui-même. Le généralissime avait donné des ordres. Des enquêtes avaient été entreprises. On avait eu trace de la tante Mahan. Elle était arrivée au camp malade. Vraisemblablement, elle avait la malaria et une fièvre de cheval qui l'avait obligée à conserver la natte (le lit). En ce temps-là, les Malinkés du camp, tous les Malinkés du camp, boycottaient (cessation volontaire de toutes relations avec une organisation) les ONG. Ils ne voulaient pas collaborer avec les ONG parce que les ONG avaient refusé de collaborer avec El Hadji Koroma, leur sauveur. Des brancardiers des ONG sont venus au camp pour évacuer les malades dans un centre sanitaire. La tante Mahan a refusé. Elle a carrément refusé pour rester solidaire avec tous les réfugiés du camp. Elle est restée couchée pendant trois jours, le quatrième jour elle est crevée comme un chien. Que Allah ait pitié d'elle.

Guidé par l'aide de camp du généralissime, nous sommes partis dans le baraquement où avait vécu la tante. Les dernières paroles de la tante avaient été pour moi. Elle s'inquiétait beaucoup de mon sort, a dit un réfugié de Togobala qui l'avait assistée pendant ses derniers instants. J'ai pleuré à chaudes larmes, le colonel Saydou s'est effondré par terre. Yacouba a fait des prières et a dit que Allah ne voulait pas que je revoie ma tante ; alors que la volonté d'Allah soit faite sur terre et dans le ciel. Quand j'ai vu Saydou s'effondrer et frapper le sol de ses deux mains, j'ai été écœuré et j'ai essuyé mes larmes. Parce que Saydou disait en pleurant : « La mort de la tante me fait mal, beaucoup mal. Je pourrai plus la ramener au docteur. Et le docteur n'est plus obligé de donner le million. » C'est le million que Saydou regrettait mais pas la tante.

Le réfugié de Togobala qui assistait la tante pendant ses derniers moments s'appelait Sidiki. Sidiki a donné au docteur le pagne et la camisole déchirés en loques que la tante avait sur elle. Le docteur les a embrassés. Faforo (cul de mon père) ! Ça faisait pitié.

Sidiki avait les effets d'un autre réfugié de Togobala qui était mort aussi pour respecter les consignes de boycott. C'était un interprète. Il s'appelait Varrassouba Diabaté. C'était un Malinké et, chez les Malinkés, lorsque quelqu'un porte le nom de Diabaté, il est de la caste des griots (caste, classe sociale fermée ; c'est-à-dire qu'il est de père en fils griot et qu'il n'a pas le droit de se marier à une autre qui ne soit pas griote). Varrassouba Diabaté était intelligent comme tous les gens de sa caste. Il comprenait et parlait plusieurs langues : le français, l'anglais, le pidgin, le krahn, le gyo et d'autres langues des noirs nègres indigènes sauvages de ce fichu pays du Liberia. C'est pourquoi il était employé comme interprète au HCR (Haut Commissariat aux réfugiés). Varrassouba avait beaucoup de dictionnaires : Harrap's, Larousse, Petit Robert, Inventaire des particularités lexicales du français en Afrique noire et d'autres dictionnaires des langues des noirs et nègres et sauvages du Liberia. Chaque fois qu'un grand quelqu'un de HCR voulait visiter le Liberia, on le faisait accompagner par Varrassouba Diabaté. Un jour, Varrassouba Diabaté a accompagné un grand quelqu'un à Sanniquellie, pays de l'or. Il a vu là les patrons orpailleurs. Il a su que les patrons orpailleurs gagnaient plein d'argent. Varrassouba Diabaté a laissé tomber celui qu'il était chargé d'accompagner. Il est resté à Sanniquellie et s'est installé comme patron orpailleur. Il commençait à gagner beaucoup d'argent lorsque les Krahns sont arrivés à Sanniquellie. Ils ne voulaient pas de Malinkés comme patrons orpailleurs. Varrassouba a foutu vite le camp djona-djona (dare-dare). Il a rejoint le camp d'El Hadji Koroma, le refuge des Malinkés, avec ses dictionnaires. Son intention était de retourner à Abidjan pour exercer son métier lucratif d'interprète. Malheureusement, il est arrivé au camp trop malade. A cause du boycott, il n'a pas pu se faire soigner. Il est mort et on l'a jeté dans la fosse commune. Sidiki ne savait que faire des dictionnaires. Il me les a offerts tous. J'ai pris et gardé le Larousse et le Petit Robert pour le français ; l'Inventaire

221

des particularités lexicales du français en Afrique noire ; le Harrap's pour le pidgin. Ce sont ces dictionnaires qui me servent pour ce blabla.

Toujours guidés par l'aide de camp, nous sommes partis sur la fosse commune où la tante a été jetée. Nous nous sommes accroupis autour de la fosse pour prier. La prière était dirigée par Yacouba. Mais Yacouba n'avait pas fini de prononcer les premiers « Allah koubarou, Allah koubarou » que nous avons vu arriver Sekou, nul ne sait d'où. Et il s'est pieusement accroupi. Sekou est l'ami de Yacouba, l'ami qui sortait de but en blanc un poulet blanc. Sekou était comme Yacouba un multiplicateur de billets et un grigriman. Les prières étaient dites d'une voix si distincte et si pure par Yacouba qu'elles sont montées directement au ciel. Mais peut-être n'ont pas été acceptées car, sur les sept personnes qui étaient accroupies autour de la fosse commune dans laquelle reposait la tante, il y avait trois bandits. Les sept personnes étaient : le docteur, l'aide de camp du généralissime, Yacouba, Sekou, Saydou, le coadjuteur de Sekou et moi, Birahima, l'enfant de la rue sans peur ni reproche. Les trois bandits de grand chemin sans loi ni foi à cause desquels les prières ne peuvent pas être acceptées par Allah étaient Saydou, Yacouba et Sekou. C'est pourquoi nous allons faire d'autres prières, avec d'autres imams, beaucoup d'autres prières pour le repos de l'âme de la tante.

A présent la route était rectiligne, la route d'Abidjan via Man était rectiligne (via signifie en passant par Man). Nous étions cinq dans le 4×4 Passero du docteur Mamadou. Le docteur, son chauffeur, Yacouba, Sekou et moi. Saydou n'était pas du voyage, il n'avait pas voulu venir. A la dernière minute, il avait pris son courage à deux mains et avait demandé au docteur :

« Mahan était une tante à moi, donc je devais la rechercher sans prime. Mais tu m'avais quand même promis un million. Et moi je m'étais habitué au million et tout le temps je me voyais millionnaire. Je voulais monter une épicerie avec ce million. Maintenant que la tante est morte, dis-moi, dis-moi franchement si tu vas me donner quelque chose sur le million.

– Absolument rien, rien de rien parce que j'ai les funérailles de ma maman à organiser », avait répondu le docteur.

Saydou s'était alors tourné et avait dit :

« Je reste ici à Worosso pour jouir de mon grade de colonel. »

Moi j'étais à l'arrière du 4 × 4, coincé entre Yacouba et Sekou. La route était rectiligne. Les deux gros bandits de grand chemin étaient très contents. Les bouffants de leurs pantalons étaient lourds des bourses d'or et de diamants et le docteur avait promis d'intervenir à Boundiali pour qu'on leur établisse de nouveaux jugements supplétifs d'acte de naissance. Ils pourront se faire de nouvelles cartes d'identité et pourront au vu et su de tout le monde exercer leur métier de bandit de multiplicateur de billets à Abidjan. Walahé (au nom du Tout-Puissant) !

Je feuilletais les quatre dictionnaires que je venais d'hériter (recevoir un bien transmis par succession). A savoir le dictionnaire Larousse et le Petit Robert, l'Inventaire des particularités lexicales du français d'Afrique noire et le dictionnaire Harrap's. C'est alors

qu'a germé dans ma caboche (ma tête) cette idée mirifique de raconter mes aventures de A à Z. De les conter
avec les mots savants français de français, toubab,
colon, colonialiste et raciste, les gros mots d'africain
noir, nègre, sauvage, et les mots de nègre de salopard
de pidgin. C'est ce moment qu'a choisi le cousin, le
docteur Mamadou, pour me demander :

« Petit Birahima, dis-moi tout, dis-moi tout ce que tu
as vu et fait ; dis-moi comment tout ça s'est passé. »

Je me suis bien calé, bien assis, et j'ai commencé :
J'ai décidé. Le titre définitif et complet de mon blablabla est : *Allah n'est pas obligé d'être juste dans toutes
ses choses ici-bas*. J'ai continué à conter mes salades
pendant plusieurs jours.

Et d'abord... et un... M'appelle Birahima. Suis p'tit
nègre. Pas parce que suis black et gosse. Non !... etc.,
etc.

... Et deux... Mon école n'est pas arrivée très loin ;
j'ai coupé cours élémentaire deux. J'ai quitté le banc
parce que tout le monde... etc., etc.

Faforo (cul, bangala de mon père) ! Gnamokodé
(putain de ma mère) !

Les Soleils des indépendances
Seuil, 1976
et « Points », n° P166

Monnè, outrages et défis
Seuil, 1990
et « Points », n° P556

Le Diseur de vérité
Acoria, 1998

En attendant le vote des bêtes sauvages
Prix du Livre Inter, 1999
Seuil, 1999
et « Points », n° P762

RÉALISATION : PAO ÉDITIONS DU SEUIL
IMPRESSION : S.N. FIRMIN-DIDOT AU MESNIL-SUR-L'ESTRÉE
DÉPÔT LÉGAL : JANVIER 2002. N° 52571-2 (59286)

Collection Points

DERNIERS TITRES PARUS